鋼鉄《はがね》の暗黒兎《くろうさぎ》騎士

舞阪 洸

Famitsu Bunko
ファミ通文庫

CONTENTS

鋼鉄の暗黒兎騎士
【はがねのくろうさぎ】
舞阪洸
Kou Maisaka

扉を押し開き、わたしと兄が将軍の寝所に侵入した。そこにいたのは……。
――どうして二人いる!?
「ばっ、馬鹿なっ」

「やあ、いらっしゃい」
「随分と仕事が早いんだ。ちょっと驚きね」
【わたしが死んだ日――デイレィ・ドゥーニュ・デビィアノス】

「死ぬぞ？」
白髪二回生
最凶最悪の剣士

「殺せるものなら」
極東より来訪せし居合の剣士
【初めての出遭い——ヨーコ・アルゴラ編】

【超おまけ的白兎女学院剣騒記（序章）】
美麗《ブリ》☆絢爛《キラ》最強て女学園 誕生!?

イラスト／伊藤ペン

登場人物紹介
Characters

[レオチェルリ]
元ガブリエラの侍女。控えめで大人しい性格で、気配りは遊撃小隊一。

遊撃小隊

[セリノス]
優れた軍人を輩出するクワドロス家出身。乗馬の腕は超一流の実力を持つ。

[ガブリエラ]
持ち前の機転で多くの騒動を収め、将来、史上二番目の若さで団長に就任。

[ノエルノード]
セリノスの双子の妹。言いたいことはズバズバと言ってしまう性格。

[ドゥイエンヌ]
高級貴族家の息女で高飛車な性格だが、他人を認める度量の広さもある。

[デイレィ]
暗器使い。隠密行動が得意で用心深く、偵察として動くことが多い。

[マルチミリエ]
元ドゥイエンヌの侍女。ドゥイエンヌに対する忠義が並外れて強い。

注：この紹介分は「お兎様の乱」後、大量の退団者を出してから再編した時点のものである。

[レフレンシア]
団長代理。切れ者で盆地の魔女と称されるが、部下想いで優しい一面も。

[アルゴラ]
白兎騎士団きっての武闘派であり、騎士団最強（最凶）の剣士。

[ヨーコ]
極東出身の剣士であり居合の達人。「極東の神秘」と恐れられている。

[アスカ]
新雛小隊の隊長。何でも屋として団の内情を探る依頼を受け、入団した。

[ウェルネシア]
実家が薬草園を経営している為、毒や薬の知識が深く、扱いも慣れている。

[アフレア]
幼い風貌をしているが、かなりの力量を持つ魔術士。西の海岸地方出身。

[シゥビーニュ]
攻撃的な性格の魔術人形。得物は鎌。普段はアフレアの持ち運ぶ棺に入っている。

[ジアン]
東方出身の体術の使い手。若き王を護るため愛妾となるが、その後団に復帰。

鋼鉄《はがね》の暗黒兎《くろうさぎ》騎士——ガブリエラ・リビエラ・スンナ

1

バスティア大陸のアグァローネ地方に、女だけで構成される騎士団が在《あ》った。

比類なき強さと美しさで有名なその騎士団の正式な名は「守護天《しゅごてん》アルアラネの加護《かご》を戴《いただ》く聖少女騎士団」というのだが、正式名称で呼ばれることはあまりなかった。

この地方の住民たちは、その特徴的な兜《かぶと》の形状から、畏怖と畏敬と憧憬の念を込め、騎士団のことをこう呼んでいた。

「鋼鉄《はがね》の白兎騎士団《しろうさぎ》」と。

クセルクス盆地に本拠地を置き、盆地とその周辺の山岳部を支配していた鋼鉄《はがね》の白兎《しろうさぎ》騎士団は、一方で大国ベティス大公国を庇護者《パトローネス》として同盟を結び、周辺の国々に確たる影響力を及ぼしていた。

しかし。

少し前までは千人を超える団員数を誇っていた白兎騎士団《しろうさぎ》だが、とある事件の影響で、現状、団員が半減していた。

それだけではない。

団長の席も空位になっていたのだ。

今までは、副団長だったレフレンシア・レブローニュ・スキピアノスが、団長代理として騎士団を率いてきた。

けれど、それも昨日《きのう》までのこと。

ようやく新しい団長も決まり、いま騎士団は新たな歴史への一歩を踏みだそうとしていた。

2

「失礼します団長、団員からお祝いの品々がいろいろと届いていますよ」

救急分隊の分隊長、アナ・ハイデル・トスカルが、大きな籠《かご》やら櫃《ひつ》やらを抱えた部下たちと共に団長室に入ってきた。

「あ、すみませんアナ様」

アナは柔らかな笑みを浮かべて新団長に応えた。

「いやだわ。もうあなたが団長なのだから、わたしのことはアナと呼んでくださらなくては駄目でしょう、ガブリエラ団長？」

そう、鋼鉄《はがね》の白兎《しろうさぎ》騎士団の新団長は、去年、騎士団に入団したばかりの一回生、ガブリエラ・リビエラ・スンナだった。

応えるガブリエラは、どことなく憂鬱《ゆううつ》そうな表情だ。

少なくとも新団長に就《つ》いたことを喜んでいるようには見えない。

「そう……ですねぇ。でも、昨日までの大幹部の方々をいきなり呼び捨てというのも、随分と障害が高いです」

「まぁ、そうかもしれないわね」

「レフレンシア様にも、『自分のことは呼び捨てにしろ』と言われているのですが……そんな恐ろしいこと、容易にはできません」

と言ってガブリエラは小さなため息を吐《つ》いた。

ガブリエラと対照的に、アナはくすりと笑った。

「レフレンシア様は、とりあえずの経過措置として『副団長』とお呼びすることで手を打っていただいたのですが、アナ様のことを『救急分隊長』とお呼びするのは何か間《ま》が抜けていますし」

「呼びにくいのでしたら、わたしの通称、アンナでもいいですよ？」

「そう……ですね。当座はそうさせていただきます」

アナはもう一度、小さく笑って部下のほうを振り返った。

「あ、それはそこに置いておいて。そう、それはそちらに」

アナの部下である救急分隊員は、運んできた大きな籠やら櫃やらを団長室の片隅に積みあげた。

「アナさ……アンナ、すみません、救急分隊に余計な仕事を増やしてしまって」

「いいのよ、気にしないで。あなた、庶務分隊にはあまり受けがよくないものね」

それを言われると返す言葉もないガブリエラである。

「でも大丈夫。わたしは団長のことを陰になり陰になり支えるから」

ガブリエラはジト目になってアナのことを見やる。

「日なたになってはくださらないのですか？」

「それはちょっと」

苦笑するしかないガブリエラだった。

アナの部下が呼びかけた。

「隊長、これが目録であります」

「ご苦労様。もう戻っていいわよ」

「失礼します」

救急分隊員たちは恭《うやうや》しく頭を下げて団長室から退出していった。

しかし、彼女たちの目に興味深そうな色合いが浮かんでいることを見逃すようなガブリエラではなかった。

まぁ、そうよね。入りたての一回生がいきなり団長だなんて、みんなにすれば青天《せいてん》の霹靂《へきれき》よね。

本当にこいつが？

こんな奴で大丈夫なのか？

レフレンシア様の無茶には慣れっこだけど、いくらなんでも今回のは無茶苦茶すぎやしないか？

団員たちがそう思うのも無理はないのだ。

けれども、なんとかこいつを支えてやろうと思う仲間や幹部もいる。

こいつならできるだろうと思っている先輩たちもいる。

だからガブリエラは団員の疑念を晴らさなくてはならない。

団員の信頼に報いなければならない。

自分が団長に相応《ふさわ》しいことを。

鋼鉄《はがね》の白兎騎士団《しろうさぎ》がさらに発展していくであろうことを。

身を以《もっ》て証明しなくてはならないのだ。

それはなかなか厳しくも難しいことだけど、ガブリエラは覚悟を決めている。

決して弱音を吐《は》かないことを。

なんとしても最後までやり通すことを。

自分を推《お》してくれたレフレンシアの期待を裏切りたくない。

ガブリエラは、副団長レフレンシアのことが大好きだから。

「ガブリエラ団長」

というアナの呼び声でガブリエラは我に返った。

「はい、なんでしょう、ア……アンナ」

「これが目録だけど、中を確認してみますか？」

「あ、ええ」

「では、読みあげますね」

「お願いします」

目録を開いたアナは、そこに書かれている新団長へ贈られた祝いの品々を、涼やかな声で読みあげていく。

「エリンの森の香木の櫛《くし》、カッコ黒」

「高級紙使用の雑記帳、カッコ黒」

「東の大陸の高級絹使用の裳裾《もすそ》、カッコ墨染《すみぞ》め」

「東の大陸の高級絹使用の下帯《したおび》と胸覆《むなおお》い、カッコ墨染め」

「刀工《とうこう》ガイウスの手になる両刃《りょうば》の剣、カッコ柄《つか》巻き黒」

「刀工ムラマサの手になる小太刀《こだち》、カッコ鞘《さや》黒」

「黒革の長靴《ちょうか》、カッコ言うまでもなく黒」


目録から顔を上げたアナが、少し呆れたような顔でガブリエラを見た。

「まだまだありますけど……あらゆる贈答品が黒！　なのね」

「皆さん、最低っっっ」

もう一度、目録に目を落としたアナが、

「あら、これは凄いわ」

と感心の声を漏《も》らした。

「え？　何がですか？」

ガブリエラは思わず身を乗りだした。

「クシューシカ、アルゴラ、ヨーコ、レオノーラという大物隊長連によるお祝いだけど、これは値段が張ったわよ、きっと」

そう言ってアナは、目録に載っている品のうちの一つを読みあげた。

「白銀《しろがね》の鎧と白銀の兎耳兜《うさみみかぶと》、カッコ漆黒《しっこく》塗装、仕上げは高級艶《つや》消し仕様」

大きく仰《の》け反《ぞ》ったガブリエラは、悲鳴のような声を上げた。

「もう、嫌がらせとしか思えないんですけどっっ」

ガブリエラはとても嫌そうな顔になっているが、漆黒の兜と鎧、彼女が身に着けたらきっとよく似合うだろうなと思うアナだった。

鋼鉄《はがね》の暗黒兎騎士《くろうさぎ》　終わり

天翔る黒き翼の娘——ガブリエラ・リビエラ・スンナ

1

これはガブリエラ・リビエラ・スンナがまだ子供の頃のお話。


当時、ガブリエラは十一歳だった。

このときはまだ、鋼鉄《はがね》の白兎《しろうさぎ》騎士団の副団長まで務めた母親は健在で、ガブリエラは父母と三人で暮らして——もちろん使用人はいたが——いた。

そのおかげで、ガブリエラの両親は、娘の教育にとても熱心だった。

ガブリエラは、それほど裕福ではない中級貴族の家にも拘《かかわ》らず、ガブリエラは名門貴族の子弟が多く集まる学校に通うことができた。

その学校は、ベティス大公国の首都からわざわざ入学しに来る子供も多数いたほどの名門校だった。

ガブリエラの実家は学校のある都市にあったから、彼女は自宅から通っていた。

一方、他《た》の都市から通う貴族の子弟も大勢いた。

そういう子供たちは、別宅に滞在して学校に通うことが多かった。

その学校で、ガブリエラは彼女と初めて出会ったのだ。

いや、ひょっとしたら出遭《であ》ったと書くべきだろうか。

ガブリエラにとってその子との遭遇は、どちらかというと災厄に近い、忌避《きひ》したい類《たぐい》のものだったから。

2

その子供の名前は、ドゥイエンヌ・ドゥノ・マクシミリエヌス。

大柄で燃えるような赤毛がとてもよく目立つ彼女は、ベティス大公国の高級貴族の中でも名門中の名門、三本の指に入るだろうという門閥《もんばつ》貴族マクシミリエヌス家本宗家《ほんそうけ》の娘《むすめ》だった。

娘に最高の教育を受けさせることはマクシミリエヌス一族の親であれば当然のこと。むしろ義務とさえいえる。

十一歳になったドゥイエンヌは、本宅のある首都から別宅に移り住んで学校に通い始めたのだった。

大貴族の娘ドゥイエンヌは、誇りと自信とやる気と才能に満ち溢れた子供だった。

同時に、自己中心的で他人を見下しがちな子供だった。

大貴族の娘であれば、まぁ当然のことではあった。

3

ガブリエラやドゥイエンヌが通う学校は、生徒の数はそれほど多くない。年によって上下はするが、多いときでも百数十人といった規模だ。

敷地はそれなりに広いが、広大というほどでもなく、二階建ての石造りの学舎《まなびや》もそれほど大きくはない。

イメージとしては我々の知っている「寺子屋」に近いだろうか。

もちろん貴族の子弟が通うところなので、寺子屋よりは規模が大きくて立派なのだが、基本的に私塾であることには違いない。

そんな学校なので子供についてくる付き添いも多く、付き添い用の控え室が学舎とは別棟《べつむね》に用意されていた。

生徒の多くは高級貴族の子弟であるから、誘拐でもされたら大変な騒ぎになる。

ほぼすべての親は学校の行き帰りの警護のために、付き添い以外にも護衛の兵士をつけていた。

ガブリエラも例外ではなく、行き帰りには護衛が二人——付き添いはいなかった——ついていた。

一方、ドゥイエンヌには十数人の護衛が列を為して従っていた。

この人数の差がスンナ家とマクシミリエヌス家の経済的実力差といってもよかったのだが、それはさておき。

さすがの護衛たちも学校の中にまでは入れない。

学内の警備は、学校側で用意した警備兵が行うことになっていたのだ。

けれど、付き添いの人間は学内に入れる。

学校の控え室で、毎日、ドゥイエンヌの帰りをじっと待っていたのが、当時、すでにドゥイエンヌの付き人となっていたマルチミリエだった。

彼女は雨の日も風の日もドゥイエンヌに付き従い、学校に通った。

マルチミリエは、控え室でドゥイエンヌの授業が終わるのを待ち——その間、彼女も持参してきた子供向け書物を独りで読んだりしていた——戻ってきたドゥイエンヌと共に学校を出て、外で待機していた護衛の兵士と共にマクシミリエヌス家の別宅に戻るという毎日を過ごしていたのだ。

子供の頃から飛び抜けて背の高かったマルチミリエは、ドゥイエンヌと同い年だというのに、周囲からは大人の付き人だと思われていた。

ドゥイエンヌは毎日の授業が終わると——だいたい昼頃に終わる——決まった経路で控え室まで歩いてくる。

気分で経路を変えたりはしない。

真っ直ぐ顔を上げ、胸を張り、背筋を伸ばし、裳裾《もすそ》を翻し、堂々とした態度で歩いてくる。

マルチミリエは、そんなドゥイエンヌの姿を見るのが好きだった。

見ているだけで誇らしい気分になった。

ある日、ドゥイエンヌは学舎から控え室のある別棟に通じる小径《こみち》を、一人の子供を伴って歩いてきた。

金髪で気の弱そうな女の子だ。

ドゥイエンヌは、傍《かたわ》らのその子に頻《しき》りに何かを語りかけている。

マルチミリエのところからは何を話しているのか聞こえなかったが、いずれにしても珍しいことだと思った。

ドゥイエンヌは自分が認めた者としか話をしない。

マクシミリエヌス家のお嬢様ともなれば、すり寄る輩《やから》には事欠かない。

けれどもドゥイエンヌは、まだ子供でありながら、ただのおべっか使いかどうかを見抜く眼力《がんりき》を持っていた。

そこが大したものだとマルチミリエはいつも感心する。

そんなドゥイエンヌが話しかけているということは、あの子がドゥイエンヌのお眼鏡に適《かな》ったことを意味するのだが、マルチミリエには、その子がそれほどの者には見えなかった。

マルチミリエは相手の子供の顔をよく見ようと目を凝《こ》らしたけれど、その子は俯《うつむ》き加減で歩いてくるので顔は確認できなかった。

美しい金髪だけがマルチミリエの印象に強く残っただけだ。

その子供こそガブリエラだった。

4

実際、ドゥイエンヌはガブリエラのことを評価していたのだ。

まず何を評価したのかというと、自分にへつらわないところがよかった。

子供ではあっても、ドゥイエンヌは自分に対する周囲の感情というものに敏感だ。

まだ子供のドゥイエンヌを上手《うま》く利用しようとする有象無象《うぞうむぞう》があとを絶たないのだ。

大人は大人で、この子供を手なずけておけば後々《のちのち》何かの役に立つかもしれないと思い、子供は子供で、こいつと友達になっておけば将来必ず役に立つと考え、心中で揉《も》み手をしながらドゥイエンヌに近づいてくる。

一族を除けば、彼女の周りはそんな連中ばかりだ。

それなのにガブリエラは近寄ってこない。

どころか、ドゥイエンヌを遠ざけている節《ふし》がある。

マクシミリエヌス家の直接の競争相手である大貴族かそれに連なる家の子弟ならともかく、スンナ家はそうではない。

訊いてみたところ、ただの貧乏貴族だという話だった。

であれば、真っ先にすり寄ってきそうなものを。

ガブリエラのその態度は、ドゥイエンヌには新鮮だった。

興味が湧いたので、自ら話しかけたことがある。

ガブリエラは丁寧な応対を見せたが、ドゥイエンヌに話しかけられて特に喜んでいるふうでもなかった。

それもまた新鮮な反応だった。

ガブリエラから言わせれば、むしろありがた迷惑というほうが近かった。

マクシミリエヌス家の娘《むすめ》と仲良くなるということは、マクシミリエヌス家の競争相手の子弟からすると、「敵の味方は敵」ということになるからだ。

派閥争い、勢力争いにはなんの興味もないガブリエラは、せっかく両親が通わせてくれた学校で、一人静かに勉強をしたいだけなのだ。

もっともその勉強でも、ガブリエラはドゥイエンヌに目をつけられたのだが。

古典や歴史、記述といった授業では、ガブリエラの出来はかなりよかった。

優秀な家庭教師を何人もつけたドゥイエンヌを凌《しの》ぐこともあった。

もっとも弁論や外語学、体育などではドゥイエンヌの後塵《こうじん》を拝していたのだが、なんでも一番でないと気が済まない質《たち》のドゥイエンヌとしては、嫌でもガブリエラに注目せざるを得なかったのだ。

ガブリエラに興味を持ったドゥイエンヌは、今度はガブリエラを試そうとした。取り巻きの何人かを使ってガブリエラに意地悪をしてみたのだ。

やり過ぎて泣かせたこともある。

そのときは泣いて学校から逃げ帰っていったガブリエラだったが、次の日になると、けろりとした顔で学校に顔を出した。

それもまたドゥイエンヌには驚きだった。

そういうことが何度かあった後、とうとうドゥイエンヌはガブリエラを認めて意地悪を止《や》めたのだった。

ドゥイエンヌの中でガブリエラは、自分におべっかを使わない珍しい子で、しかも頭がよくて根性もあるという評価が定着した。

それは数少ない友人たちと同列の評価をドゥイエンヌが下したということに他《ほか》ならないのだが、ガブリエラにしてみれば、やっぱりありがた迷惑だった。

5

ある日の授業が終わったあとのこと。

学舎を出たドゥイエンヌは、ガブリエラと共にマルチミリエの待つ控え室に向かって歩いていた。

ガブリエラは控え室に待っている者などいないので——護衛は昼過ぎに学校の前まで迎えに来ることになっている——まっすぐに帰ろうとしたのだが、ドゥイエンヌはいつもの気まぐれを発揮して、

「少しお話をしましょう。おつき合いなさいよ」

と言って、無理やりガブリエラを引っ張ってきたのだった。

ここでもガブリエラの思いはただ一つ、ありがた迷惑というものだった。

「で、ドゥイエンヌさん、お話ってなんですか？」

ドゥイエンヌと並んで……は歩けないので——立場的に——ガブリエラは少し遅れてついていく。

二人の後ろには、ドゥイエンヌの取り巻き連がぞろぞろとついてくる。

「ガブリエラ、あなた、姿勢が悪いわね」

いきなりなんの話ですか!?　と突っ込みたいガブリエラである。

突っ込めないけど。

「それに、顔が貧乏くさいわね」

大きなお世話です！　と言い返したい。

言い返せないけど。

「そんなふうに下を向いて歩いてばかりいると、幸運の守護天様《しゅごてん》に見放されますわよ」

確かに見放されているだろう。

ドゥイエンヌのような厄介な人物に目をつけられたのは不幸以外の何ものでもない。

と思うものの、そんなことは言えないから、ガブリエラは引き攣《つ》った作り笑顔を向けるばかりだった。

「そ、そうでしょうか」

「そうに決まってますわ。顔を下げて足元を見て歩くのではなく、胸を張って、顔を上げて、真っ直ぐ前を見て歩かないと駄目よ。わたくしなど、前を見るというより、胸を張って顔を上げて、天を見上げる感じで歩きますわ。その堂々たる態度を見れば、守護天様もわたくしに目を留められること請け合いですもの」

そんな風に歩いていたら、何かに蹴躓《けつまず》いてすっ転ぶだけだと思うガブリエラである。

もちろん、そんなことは口が裂けても言えないから、

「はぁ、それは凄いですね」

とおざなりの返事を返す。

「あなたのお家はたしかに貧乏かもしれませんわ」

大きなお世話です！

「だからといって顔まで貧乏に染まっていては、あなたの人生そのものが貧乏になってしまいますわね」

余計なお世話です！

「少しでも真っ当な人生を歩みたいのでしたら、もう少し真っ当な姿勢と真っ当な顔と真っ当な歩き方を心がけるべきですわよ。これは、わたくしがあなたのことを認めたからこその忠告ですわ」

要《い》らないお世話です！

ガブリエラの頭に血が上った。

まだ子供だった当時のガブリエラは、今よりも少し堪《こら》え性がなかった。

それでも、ちょっとしたその怒りを、すぐにドゥイエンヌにぶつけなかったのはさすがにガブリエラといえるだろう。

頭に来たからといって言い返したり詰《なじ》ったりすれば、自分の立場が悪くなる。

自分だけでなく、自分の家の立場も悪くなる。

ガブリエラは、その程度の損得勘定はできる子供だった。

それでも言われっぱなしなのは癪《しゃく》に障《さわ》った。

ドゥイエンヌに一泡吹かせてやろう。

そんな思いが、ガブリエラの胸の内に沸々《ふつふつ》と湧きあがった。

6

その日の夜。

ガブリエラは自宅の部屋で羊皮紙《ようひし》製の雑記帳に書いた箇条書きを見ながら何やら考えていた。

余談だが、紙の存在はだいぶ社会に浸透していたが、まだまだ高価だった。

貧乏貴族の娘がおいそれと使えるような物ではなかったのだ。

それはさておき。

その箇条書きには、次のようなことが書いてあった。
・ドゥイエンヌさんは家から学舎まで、毎日、決まった経路を歩いてくる。
・経路はだいたい住宅地の中を通っている。

・途中に小川があって木の橋が架かっている箇所がある。
・橋から水面までは一ヤルド程度。
・小川の流量はそれほど多くない。
・元々人通りは少なく、ドゥイエンヌさん一行が通るのは早朝なので、橋で他人とすれ違うことは滅多《めった》にない。
・護衛の兵や付き人は決してドゥイエンヌさんの前を歩かず、つねにドゥイエンヌさんが先頭を歩く。
・今は初夏。水はそれほど冷たくない。

「やっぱりこれかしら」

ガブリエラは実行する作戦を決めた。

7

それから数日後。
朝早い時間にガブリエラは作戦を実行する場所へと走った。
それは、小川に古い木の橋が架かっている場所だった。

すでにここ数日であらかたの細工は済ませてある。

あとはドゥイエンヌ一行が通りかかるのを待って、最後の仕上げを実行すればいいだけだった。

来た！

ガブリエラは類《たぐ》い希《まれ》な発想力と根気と細心の注意力を持った子供だった。

橋の手前で物陰に隠れて見張っていたガブリエラは、ドゥイエンヌ一行を発見する。

いつもどおりの時間ね。

ガブリエラは橋まで駆け戻り、周囲に誰もいないことを確認すると、最後の仕上げを行ってから、一目散《いちもくさん》に現場から逃走した。

その瞬間を見たいのは山々だけど、現場に残っていたら見つかる危険性がある。

ガブリエラには、そんな危険を冒《おか》す気は毛頭なかった。

それに、ガブリエラは失敗の可能性を一割以下と踏んでいた。

自分がその場にいようといまいと成功確率に変わりはない。

だったら危険を冒す必要はないというのがガブリエラの見解だ。

子供離れした沈着冷静な思考である。

逃げたガブリエラが現場から充分な距離を稼いだ頃に、ちょうどドゥイエンヌ一行が橋に差しかかった。

8

ドゥイエンヌを先頭にして、一行が橋を渡っていく。

そして先頭のドゥイエンヌが橋の真ん中を過ぎた辺り。

「あっっ！」

という小さな声と共に、ドゥイエンヌの姿がかき消えた。

護衛の兵や供の者が仰天《ぎょうてん》する。

すぐに足下から大きな水音が聞こえてきた。

彼らが慌てて駆け寄ると。

橋に穴が空いているではないか。

穴から下を覗き込むと、小川の川面《かわも》が見えた。

「ドゥイエンヌ様が！」

「落ちられた！」

兵やお供は即座に、そして次々に橋から飛び降り、川の中で尻餅《しりもち》をついたまま固まっているドゥイエンヌを抱きあげ、河原に運んだ。

幸いにも川はそれほど深くなく、水もそれほど冷たくはなく、ドゥイエンヌはびしょ濡れになっただけで済んだ。

とはいえ、いきなり川に落ちてずぶ濡れになったドゥイエンヌはかなりの衝撃を受け、それから数日間、学校を休んだという。

それはさておき。

兵たちはすぐに橋を調べ、辺りに誰かが潜んでいないかを探った。

怪しい者は見つからなかったが、橋に渡してある横板に細工の痕《あと》が見つかった。

「何者かが橋の横板の一部を外して、人の重みに耐えられないような薄い板にすり替えたのだ」

というのが護衛の兵の出した結論だった。

その目的は不明だが――殺害が目的なら、あまりにも雑で幼稚な仕掛けだ――ドゥイエンヌに害意を持つ者がいるのは確かだという話になった。

おそらくマクシミリエヌス家の競争相手の家の者が嫌がらせのために仕掛けたのではないか、という推測が出たが、確実なことは何も判らなかった。

このとき以降、どれだけドゥイエンヌが嫌がっても、護衛の兵がドゥイエンヌの前を歩くようになったのだという。

この事件の際、ドゥイエンヌの供として付き従っていたマルチミリエは、大いに憤慨、憤激し、心に固く誓ったものだ。

おのれ、よくもドゥイエンヌ様を辱《はずかし》めてくれたな。もしも犯人を見つけたなら、必ずこのわたしが殺してやる。思い切り残酷な方法でぶっ殺してやる！

と。

9

その後、マルチミリエは何度も犯人と接近遭遇し、話をし、あまつさえ共に行動し、共に闘ったりしたわけだが、そのことにマルチミリエが気づく日はついに来なかったという。

余談になるが、後にガブリエラが、あのときあそこであのような作戦を思いついて実行できたのは、本人がどこまで記憶していたかどうかは別にして、このときの経験が物を言ったのではないだろうか。

天翔る黒き翼の娘　終わり

わたしが死んだ日――デイレィ・ドゥーニュ・デビィアノス

1

デイレィは少し困っていた。

最近、アフレアによる追及が厳しくなっているのだ。

何を追及されているかというと、デイレィの過去を、である。

「あたしの出身地を教えたんだから、あんただって出身地くらい教えなさいよ」

とアフレアは迫る。

けれども。

出身地を教えれば、自分が以前に何をしていたかを教えることにもなってしまう。

そこが、どうも……ね。

デイレィとしては、自分の過去をあまり明かしたくはない。

他人に言えるような立派なものではないという負い目があるから。

白兎《しろうさぎ》騎士団で彼女の過去を知っているのは、一緒に入団試験を受けたセリノス・ノエルノード姉妹とウェルネシアの三人だけ。

アフレアにしてみれば、三人が知っているのに自分が知らないというのが気に入らないらしい。

「あたしたちはまだ、あんたにとって仲間じゃないのね」
とアフレアに言われると、デイレィは答えに窮してしまう。
さて、どうしたものかな。
寝床で薄い掛布にくるまったまま、デイレィは考える。
周りからは健《すこ》やかな寝息が聞こえている。
それらは、同じ部屋を宛《あて》がわれている遊撃小隊員の……仲間のものだ。
仲間……だよな。
セリノスやノエルノード、ウェルネシアだけではなく。
アフレアも。
ガブリエラも。
レオチェルリも。
ドゥイエンヌも。
マルチミリエも。
ここにはいないけれど、ジアンだって。
デイレィの意識の中では、すでに仲間となっていた。
いつまでも隠してはおけないのかな。
彼女の脳裏に、あのときのことが浮かんできた。

2

これは、わたしがデイレィ・ドゥーニュ・デビィアノスとなる前のお話。


あのとき、わたしは十五歳。

五つ歳《とし》の離れた兄と二人で仕事をこなしていた。

働かなければ食べていけない境遇だった。

両親は、わたしが幼い頃に他界していた。

わたしは兄と二人で、生き延びるためになんでもやった。

盗みも。

恐喝《ゆすり》も。

強盗も。

そして殺人《ころし》さえも。

初めて人を殺したのは十二歳のときだった。

あくどく稼いでいると評判の賭け屋に盗みに入り、売上金を盗《と》って逃げるときに店の用心棒三人に追いつかれた。

連中に殴られ、蹴られ、このままでは殺されると思ったその瞬間、自然と体が動いていた。

気がつくと地面に三人が倒れていて、わたしの手には血塗《ちまみ》れの短剣が握られていた。

思いの外《ほか》、衝撃も後悔もなかったのを今でも鮮明に覚えている。

それ以来、わたしは何度も殺してきた。

何人も殺してきた。

食べるために。

生きるために。

どうやらわたしにはそちら方面の素質があったようで、戦闘術を磨き様々な経験を積むうちに、いつの間《ま》にか兄をも追い抜いて、屈強な男たちとも伍して闘えるほどの技量を身につけていた。

あるとき兄が言った。

「暗殺《ころし》を受けよう」

わたしは驚かなかった。

むしろ、すんなりと受け容れた。

「このまま漫然と生きていても、社会の底辺を這いずり回った挙げ句にどこかで野垂《のた》れ死ぬのが関の山だ。だけど暗殺《ころし》の仕事なら今までよりも遙かに効率よく稼げる。稼げるだけ稼いで足を洗えば、あとは真っ当に生きていける。俺たちにも、人並みの暮らしができるんだ」

という兄の言葉は、わたしの願いでもあったから。

3

依頼はどこからか兄が見つけてきた。

戦闘術に関しては大したことのない兄だったが、その手の嗅覚《きゆうかく》は一流だった。

依頼人を見つけ、交渉し、料金を決め、成功報酬を受け取る。

時に暗殺《ころし》の実行よりも危ない仕事だったが、兄は上手《うま》くやり果《おお》せた。

わたしが初めて暗殺《ころし》の仕事をこなしたのは十四の年の初冬。

兄と共に忍び込んだ標的の家で、寝入っている相手に向かって剣を振り下ろしたとき、わたしが罪悪感を感じることはなかった。

この世界は、しょせん食うか食われるか、殺される奴が間抜けなんだ。

そう思っていた。

だけど。

そう思っていたにも拘《かかわ》らず。

そう割り切っていたにも拘らず。
その夜は寝つけなかった。
眠られぬまま悶々と寝返りを打ちつつ、わたしは考えた。
こんなことを、本当にこの先、何年も続けていけるのだろうか……と。
その日以来、わたしは熟睡できなくなった。
いつ寝ても、どれだけ寝ても、眠りは浅く、朝の目覚めは快適には程遠かった。
あの日、あのときが来るまでは。
それでも仕事はこなした。
失敗することもなく、受けた仕事は遂行した。
十代の兄妹《きょうだい》の暗殺者《ころしや》は、いつしか裏社会で、少しだけ注目を集めるようになっていた。
そして十五の年の夏。
わたしにとって運命の分かれ道となったあの日がやってきたんだ。

4

そのとき、わたしは兄と共に大平原の某都市にいた。
十四歳の初冬に暗殺《ころし》の仕事を始めてから、すでに一年半が過ぎていた。

小さな仕事ばかりだったけど、それでも数年間、兄と二人でなら余裕で食べていけるくらいの小銭は貯まっていた。

だから、わたしは思ったのかもしれない。

少し休みたいな、と。

何日か前に、わたしはその話を兄にした。

兄は難しい顔で、そうか、と短く応え、少ししてから言葉を継いだ。

「その話は、また改めてにしよう。今日はこれから大事な話があるんだよ」

兄はわたしの頭を二、三度軽く叩き、泊まっている宿屋の部屋を出ていった。

兄はいつでも優しかった。

両親を亡くして苦労したあの幼い日々。

兄は乏しい食料を、いつもわたしに先に回してくれた。

わたしがひもじい思いをしなくても済むようにと。

肉体《からだ》の飢えには幾度となく苦しんだけれど、精神《こころ》の飢えに苦しんだことはなかった。

いつも。

いつだって。

兄が側にいてくれたから。

兄の役に立ちたい。

兄に恩返しをしたい。

わたしはその思いで自分を支え、叱咤《しった》し、仕事を続けてきたようなものだった。

だから兄が「まだ続ける」と言えば、わたしには反対することはできなかった。

5

「喜べ、デイレィ」

戻ってきた兄は上機嫌だった。

珍しく興奮気味だった。

「大きな仕事が舞い込んできたぞ」

「大きな？」

「そうだ。これを成功させれば、反吐《へど》が出るようなこの仕事からも足を洗えるだろう。それだけの成功報酬が約束されているんだ」

成功報酬が高いということは、つまりそれだけ標的が大物だということ。

必然的に襲撃側の危険も高くなる。

賢明な兄がそのことを忘れているとは思えないのだが。

「仕事を成功させて足を洗って、どこかの街に落ちついて、そうだな、おまえと二人で

「何かの店を開くのもいいかもしれないな」

わたしには兄のはしゃぎ振りが意外だった。

普段はもう少し落ちついた人だったから。

それに……。

一度の仕事で足を洗えるほどの成功報酬って、そんな大きな仕事があるだろうか。

まだ駆けだしのわたしたちに。

「兄さん、成功報酬って幾らなの？」

兄が口にした数字は信じられない金額だった。

確かにそれなら、足を洗って何かの店を持つことも可能だろう。

兄が喜び興奮するのも判らないでもない。

でも……。

「兄さん、それだけの成功報酬が出るような大きな仕事が、どうしてわたしたちみたいな駆けだしに回ってきたの？」

「俺たちにだけじゃないんだ」

「え？　それって、つまり……」

「ああ。俺たち以外にも何人かの暗殺者《ころしや》が雇われるのさ。そして、成功させた者だけが報酬を受け取れる。そういう仕組みなんだよ」

なるほど。

それなら、わたしたちに声がかかったのも判る。

わたしたちのような駆けだしに大金を投じるのではない。

本命となる暗殺者《ころしや》は他にいるのだ。

つまり、わたしたちは抑え。

代役。

ひょっとすると陽動に使われるのかもしれない。

けれど。

成功させてしまえば、抑えだろうと代役だろうと報酬がもらえることに違いはない。

依頼者にしてみれば、誰が成功させようと払う金額に変わりはないのだから。

「あと何年仕事を続けても、これだけの金を一度に手にする機会など、もう巡ってこないだろう。千載一遇の好機が巡ってきたんだ、デイレィ」

そう言う兄の瞳には熱が浮いていた。

それだけ魅力的な餌《えさ》を目の前にぶら下げられたら、受けないわけにはいかなかった。

わたしは頷き、そして訊いた。

「で、兄さん、標的は誰なの？」

兄が口にした名前に、わたしは驚愕した。

なるほど、その人物を狙うのであれば、それほどの大金を投じるのも当然だった。

標的の名は、サルナトゥス・レニカヌス・クワドロス将軍。

そう、セリノスとノエルノードの父親さ。

もっとも、そのときのわたしは、二人のことなど露《つゆ》ほども知らなかったんだけどね。

6

その後、わたしと兄は標的であるサルナトゥス将軍の情報集めに取りかかった。

標的の日常を、行動範囲を、習慣を事前に調べることは暗殺《ころし》には必要不可欠なこと。

この事前の調査次第で、成功率が上がりもすれば下がりもするのだから。

いくら早い者勝ちの仕事とはいえ、この段階で手を抜いては成功はおぼつかない。

失敗すれば、自分たちが死ぬことになる。

調べた結果は。

ベティス大公国の有力な将軍であるから、業務に就《つ》いているときは、常に多くの兵や配下の将と共にある。

そこを襲撃することは、まず不可能。

少なくとも、わたしと兄には無理だ。

ならば、私的な空間、あるいは私的な時間を狙うしかない。

わたしと兄は一つだけ、突破口になり得る糸口を見つけた。

平時は首都ベティウスの自宅に詰めていることが多いサルナトゥス将軍だけど、他の都市に別宅があるのだ。

そしてクワドロス家では、まだ年若い子息は別宅に置いていた。

別宅のある都市は首都からは二十リーガほど離れていて、休暇の際に将軍が別宅を訪れるときは、護衛の数がそれほど多くないことを突き止めたのだ。

頻繁に別宅に行くわけではないから、他の暗殺者《ころしや》たちに後《おく》れを取る虞《おそれ》はあった。

だけど、先に標的を殺《と》られたとしても、わたしと兄が何かを失うわけではない。

また明日から地道な仕事に戻ればいいだけの話。

早さよりも確実性。

わたしと兄は、そう判断した。

「で、その道中を狙うの？」

とわたしが訊くと、兄は首を横に振った。

「いや、道中ではなく、別宅にいるときを狙おう」

「なぜ？　道中のほうが襲い易《やす》いのではない？」

「護衛が少ないといっても王宮に比べればの話。大公国の将軍ともなれば、それなりの護衛がいるのは確実さ」

「でも、別宅にだって、いるんじゃ？」

「別宅ならば、水場を狙い易い」

「あ……」

わたしは兄の狙いを理解した。

「あれを使うのか」

「せっかく高い金を出して手に入れたんだ。使わない手はないだろう？」

兄は最近、裏社会の伝手《つて》をたどって、毒や薬を扱っている下級貴族と接触していた。

その際に何種類かの毒や薬を買い取っていた。

毒や薬を扱っている下級貴族って誰だ？　それは、ご想像にお任せするよ。

それはさておき。

「毒性はそれほど強くないが、無味無臭かつ遅効性の毒を水場に入れる。毒を飲んでも、うわべは病気に見えるから、大騒ぎされることもないだろう。半日から一日くらい護衛を無力化できれば、仕事はぐっとやり易くなる」

兄はそう言った。

いま思えば、これはガブリエラが使ったあの手と同じだね。

もっともあのときは毒が入っていることが相手に判ってしまってもかまわなかったん

だけど。

むしろ毒が入っていることが判ったほうが効果的だったわけだけど。

こちらは毒を入れたことがばれては拙《まず》い。

だから問題は、誰かに気づかれることなく水場まで忍び込んで毒を入れられるかどうかだった。

わたしは戦闘力にもそこそこの自信はあったけど、潜入に関しては、それ以上の自信があった。

警戒されている中、誰にも気づかれずサルナトゥス将軍の寝所に忍び込むことは至難の業だけど、誰にも気づかれずに水場まで忍び込むことは可能だと自負していた。

「いいよ、兄さん。それでいこう」

数日後、わたしはサルナトゥス将軍の別宅近くに移動して、ベティスの首都に潜んだ兄から連絡が入るのを、ひたすら待っていた。

7

将軍の別宅は街中の高級住宅街の一角に建っていたのだけど、予想よりもずっと慎《つつ》ましやかな建物と敷地だった。

ベティス大公国軍でも一、二の功績を誇る大将軍なのだから、高級貴族並みの豪華な邸宅を構えていると思っていたので、これは少し意外だった。

周りの家は、それなりの地位にある貴族や士族の物だから、その区画は巡回の兵がよく歩いている。

通行人も少ないし、出店もないから、うろうろすることはできない。

わたしにできるのは、夜、密かに様子を見に来る程度だった。

それでも、警備の兵の人数や巡回経路、巡回の時間割《じかんわり》などは、おおよそ把握することができた。

そうして半月ほどが経っただろうか。

わたしが泊まっていた宿の部屋に兄が姿を見せた。

「来るぞ、デイレィ」

緊張した面持ちで兄がそう告げた。

「たぶん、四日後か五日後に現れる。道中が無事ならば……だが」

そう、おそらく将軍は、ここに来るまでの道筋で刺客に襲われるだろう。

雇われたのはわたしたちだけではないのだ。

全部で何組の暗殺者《ころしや》が雇われたか知らないし、知るつもりもなかったが、そのうちの何組かは道中で仕掛けるに違いない。

襲撃が成功してしまえば、わたしと兄はすごすごと引き下がらざるを得ない。

だけど、失敗に終わってくれれば、今度はわたしたちの番だ。

「失敗したときは、屋敷の警備が厳しくなるだろう」

と兄は言った。

わたしも同意見だ。

「だから、先に忍び込んでおくことにする」

道中で襲撃があれば、直ちに連絡が屋敷に走るはず。

わたしと兄は、その前に忍び込んでおいて、将軍一行が到着するのを屋敷の中に潜んで待つことにした。

食料は最低限の携行食しか持ち込めないが、わたしも兄も、何日も食べられないことには慣れている。

幸か不幸か慣れている。

翌日の深夜、わたしと兄はサルナトゥス将軍の別宅に忍び込んだ。

8

高級貴族の豪邸に比べれば規模は小さいとはいえ、普通の家屋敷に比べれば充分に広いから、隠れることはさほど難しくはなかった。

警備も予想していたほどには厳しくはなかった。

そうして三日後。

急使が駆け込んできて邸内が慌ただしくなった。

どうやら、ここに向かう途中で将軍一行が襲撃されたらしい。

その襲撃が失敗に終わり、将軍が無事であることも判った。

わたしは直ちに行動を起こし、井戸や水場に毒を投入した。

「将軍襲わる」の報のおかげで邸内は混乱していて、投入は簡単に実行できた。

これで、今夜には邸内の警備はほぼ無力化されているはずだ。

一見、病気に思えるから、異常事態の発生を外部に報せる急使が走ったり緊急の応援要請が出されたりする可能性は低いだろう。

直後に、その街に駐留する軍から増援の衛兵が派遣されてきた。

別宅周囲の警備は、猫の子一匹通さないというほど厳しくなったが、わたしたちには織り込み済み。

何しろ、こちらはもう邸内に潜り込んでいるのだ。

潜り込んで、すでに毒も投入した。

外の警備がどれほど厳しくなろうと関係なかった。

脱出時には少し苦労するかもしれないが、邸内の警備兵は毒にやられて身動きができなくなっているはずだから、外にいる警備兵だけならなんとかなる。

いや、なんとかする。

そのくらいの危険は冒さねば大きな果実を手にすることはできやしない。

そしてその日の午後遅く、将軍の乗った馬車が別宅に到着した。

もっとも、隠れ潜んでいるわたしたちは到着したところを見たわけではないのだけど、邸内の動きなどから、それを察知することはできた。

わたしと兄は敷地の一角に身を潜めたまま、じっと決行の時を待った。

9

夕餉《ゆうげ》の時間が終わり、しばらく経った頃、邸内に異変が起き始めた。

もっとも、それが異変であることをその時点で知っていたのは、わたしと兄だけだったけど。

気分が悪くなって倒れそうになる者が何人も現れた。

かといって、倒れてしまうほどではない。

少し休めば大丈夫……と本人も周囲も思ってしまう程度の絶妙な効き具合。

また、気分が悪くならなくても、薬を飲んだ者の体には確実に影響を与える。

体の反応速度や判断力が鈍るんだ。

それが、この毒の特徴だった。

毒を飲めば喉が渇くので、さらに水——毒入りの——を飲んでしまうという二重の罠が待ち構えている。

日付が変わる頃には、邸内の衛兵は、みな青息吐息《あおいきといき》という有様になっていた。

頃やよし。

わたしと兄は行動を開始した。

目指すは将軍の寝所《しんじょ》。

将軍が毒を飲んでいてもいなくても、この時間なら寝所にいるのは間違いない。

注意力散漫でふらふらと屋敷内を歩いている衛兵たちは、簡単にやり過ごせた。

わたしと兄はすぐに寝所と思われる部屋に達した。

部屋の前にも衛兵が二人立っていたが、声を上げる間もなく、わたしと兄によって打ち倒された。

重厚な扉を前にして、部屋の中の様子を探る。

中から感じ取れたのは、人一人の気配だけだった。

どうやら寝所には衛兵を配していないらしい。

当然だ。

こんな場所にまで刺客がやって来ることなど、夢想だにしていないだろうから。

わたしは右手で短刀を握り、ゆっくりと扉に左手をかけた。

兄に向かって目で合図する。

兄は静かに頷いた。

扉を押し開き、わたしと兄が将軍の寝所に侵入した。

そこにいたのは…………。

10

「やあ、いらっしゃい」

「随分と仕事が早いんだ。ちょっと驚きね」

部屋の中には、わたしと同年輩の女子がいた。

体に密着した革の衣装に身を包み、同じ顔をした女子がふたり。

「ばっ、馬鹿なっ。将軍はっ⁉」

驚愕した兄が押し殺した声で叫んでいた。

わたしは別の意味で驚いていた。

どうして二人いる!? 外からは一人の気配しか感じられなかった。わたしが一人分を見落としたのか!? そんな馬鹿な。自分の気配を隠すことと他人《ひと》の気配を探ることに関しては、わたしは絶対の自信があった。なのに……。

同じ顔をした片割れが口を開いた。

「ここに将軍はいないよ。別の部屋で休んでる」

「にしても、暗殺者《ころしや》がそんなに若いとは。ちょっと驚きね」

顔だけでなく声まで似ている。

わたしと兄は身動きすることも忘れ、その場に立ち尽くすことしかできなかった。

顔も声も同じ二人。

それがセリノスとノエルノードだった。

11

わたしは、すぐに驚きから立ち直った。

標的であるサルナトゥス将軍が寝所にいない理由も、目の前にいる二人の少女が刺客の襲撃を承知していたらしい理由も、二人いるのに一人の気配しか感じられなかった理由も、まったく判らない。

けれど、今はそんなことを考えている場合ではなかった。
わたしは急いで室内の気配を、そして室外の気配までも探ってみる。
目の前にいる二人が毒入りの水を飲んでいないのは明白。
となれば、ほかにも無事な人間がいることになる。
襲撃を予想していたなら、毒にやられていない伏兵を置いているはず。
五体満足な多数の衛兵に取り囲まれてしまえば、逃げだすことは至難の業だ。
それなのに。
部屋にも、部屋の外にも、この二人の気配しかなかった。
どういうことだろう。
わたしは戸惑った。
戸惑ったが、しかし、無理矢理に思考を切り替える。
そう、考えている場合ではないのだ。
伏兵がいない理由もさっぱり判らないけど、いないのなら好都合。
この二人さえ倒してしまえば、大手を振って出ていける理屈だ。
〈兄さん〉
わたしは兄に囁《ささや》いた。
それで兄も我に返る。

〈逃げるよ〉

わたしの意図を察知した兄も頷いた。

わたしと兄の殺気を感じ取ったのか、まったく同じ顔をした二人の少女は弾かれたように立ちあがり、兄には目もくれず、わたしに向かって飛びかかってきた。

12

二人が徒手空拳なのに対し、わたしは短剣を持っている。

けれどわたしは押されっぱなしだった。

部屋の中を逃げ回るわたしに加勢しようと兄も参戦してきたけど、二人は兄の攻撃を軽々とかわし、しかし、わたしに対する攻撃の手を緩めない。

二人の動きは恐ろしいほど息が合っていた。

わたしと兄も息の合った連係攻撃を得意としていたけど、二人の動きはそんな水準を遙かに超えていた。

なんの合図も掛け声もなしに、目配せすらしないまま、二人で一人の如く、一人で二人の如く乱舞、乱打、乱撃する。

それがこの二人の闘いの特長。

おそらくは一卵性双生児であるが故に可能となる、文字通りの一心同体。

わたしは悟った。

部屋の外から気配を探ったとき、室内に一人分の気配しか感じられなかった理由を。

異常とも思える二人の息の合い具合。

すでにあの時から、この二人はその類《たぐ》い希《まれ》なる特性を最大限に発揮していたのだ。

この二人、セリノスとノエルノードだけど、ちゃんとした戦闘空間さえ確保できれば、たとえヨーコ様が相手だとしても、体術勝負であるなら際どい闘いに持ち込めるんじゃないだろうか。

本城の廊下は狭かったから、あのときは特長を発揮する間もなく投げ飛ばされていたけど。

それはさておき。

とうとうわたしは二人に搦《から》め取られてしまった。

奪い取ったわたしの短剣をわたしの首に押し当てた双子の片割れが、兄に向かって静かに言った。

「さて、どうする？　まだ抵抗する？」

「兄さん、逃げて！」

わたしの押し殺した叫びを聞いた兄は、身を翻《ひるがえ》……さなかった。

どころか武器を捨て、その場に腰を下ろしてしまう。

「兄さん、どうして⁉」

わたしと兄さんは、いざという時は互いを見捨てても逃げることを約束していた。

二人とも捕まったり、二人とも斃《たお》れたりするのは愚の骨頂。

どちらかだけでも助かるのなら、それを最優先させるべき。

以前からそう言い合っていたのに。

「あまり大きな声を上げないほうがいいよ。聞きつけた衛兵がやって来るかも」

わたしの首筋に短剣を押し当てているほうが静かに言った。

わたしは唇を噛み言葉を呑み込むしかなかった。

13

もう一人が、わたしの手足を革紐で縛った。

かなり特殊な縛り方で、わたしは完全に身動きを封じられて床に転がった。

隠し武器もすべて取りあげられた。

そのことを屈辱的だとは思わなかった。

自分より強い相手に出会えば、いつかこういう日が来るかもしれないと思っていた。

そして、自分より強い相手は、この世界のどこかに必ずいる。

この二人、年は若いけど将軍直属の護衛なのだろう。

それだけの腕をしている。

こうして暗殺《ころし》に失敗して捕まった以上、わたしが死を免れることはできない。

今この場で殺されても文句は言えない立場だった。

まぁ、こんなものかな。

世の中の底辺を這いずり回っている者は、結局、最後まで浮かびあがることができないんだと、わたしは改めて思い知った。

思い知らされた。

わたしと同年代と思われる双子の女子によって。

わたしは割合あっさりと現状を受け容れた。

悔しさだとか無念さだとか未練だとかの感情は、不思議と湧いてこなかった。

「なるべく楽に殺して欲しいんだけど、そうもいかないんだろうね。だけど、わたしも兄さんも黒幕は知らないよ。なんて言っても、信じてはくれないか」

同じ顔をした片割れ――わたしに短剣を当てていないほう――が、にたりと笑った。

底意地の悪そうな笑みだった。

もちろん、こちらがノエルノードだ。

「そうね、簡単には死なせてあげないわよ。あなたみたいな若い娘《こ》を拷問するのは初めてだから、今からとても楽しみ。どんな拷問がいいかしら。どんな拷問をするにせよ、全裸は決定だけど。裸に剝いて、とてもとても恥ずかしい恰好をさせてあげる。屈辱と恥辱と激痛に身悶《みもだ》え泣き叫ぶがいいわ」

さすがのわたしも、際限のない苦痛に苛《さいな》まれ、のたうちながらゆっくりと死んでいく自分を想像すると、暗澹《あんたん》たる気持ちになった。

……全裸はともかく。

片割れは、意地の悪そうな笑みを浮かべたまま言葉を継ごうとする。

それにしても、本当に性格の悪そうな奴だ。

いやいや、あのときにそう思っただけで、今は全然まったく欠片《かけら》もそんなことを思っていないからね。

「これでもわたしと姉様はサルナトゥス将軍の娘《むすめ》だからね、あなたたち二人の処遇は、わたしたちの一存で決められるのよ。どんな拷問をしようと、結果殺してしまおうと、文句を言う者はいないの」

わたしは思わず跳びあがりそうになった。

もっとも、体の自由を奪われて床に転がされているので、実際には跳びあがれはしないんだけど。

兄もそうとうに驚いたらしい。

目を見開いたまま二人の少女を見ていた。

この二人が標的の……サルナトゥス将軍の娘。

それが本当なら、驚くべき事実だ。

なるほどたった二人で将軍の寝所にいた理由も判るし、これだけの腕をしているのも納得だ。

とはいえ、目の前の事実をどう解釈すればいいのかが、わたしにはよく判らなかった。

二人が将軍の娘であろうと、ただの護衛であろうと、捕まったわたしには関係はない。

そう思えたから。

でも、兄は。

相手の立場がこの局面を打開する材料になると考えたらしい。

そういうところはわたしよりも機転の利く人だった。

兄が床に身を投げだした。

「こいつは……妹だけは助けてくれ！　あんたたちが将軍の娘さんなら、そして俺たちの処遇を決める権利を持っているのなら、どうか考えてくれないか」

同じ顔をした二人が、同じような表情を兄に向けた。

「この娘を助ける見返りは何かな？　それとも、見返り無しに助けろと？」

兄が顔を上げ、二人に言い放った。

そのときの兄の表情――何かを決意した者だけが持つ厳しさと、達観したような澄んだ瞳がわたしの記憶に鮮やかに残っている。

今でもわたしにはよく判らない。

兄は何故《なぜ》、あのとき、あんなに爽《さわ》やかな顔をしていたのかということが。

「俺の知っていることは洗いざらい話そう」

「それだけ？」

「そもそも、あなたの話が本当だという証拠は？」

「それだけではない」

床に腰を下ろしたまま二人を見上げ、睨みつけるような目で兄は言い放った。

「俺の命をくれてやる。それが真実の証《あかし》だ。それで妹を助けてくれ」

二人は視線を交わし、そして頷き合った。

「そうだね。これから死んでいく者が嘘をついても始まらないだろうし」

「二人で仕事をこなしていた暗殺者《ころしや》なら、片方が死ねば、息の根を止められたも同然だしね」

二人が同時に言った。

「「それなら考えてもいいな」」

完全に声が重なっていて、まるで一人の声のように聞こえた。

闘いのときと同様、よく息が合っている。

「約束してくれ。俺が命を差しだせば妹を助けると。あんたたちなら可能なはずだ」

「約束？　それは少し虫が良すぎないかな。あなたが命を差しださなくても、こちらはあなたたち二人の生殺与奪《せいさつよだつ》の権利を握っているんだよ？」

そうだ、そのとおり。

わたしと兄の命は、同じ顔をしたこの姉妹の手の中《うち》にあるんだ。

兄は一瞬、言葉に詰まったが。

「しかし、俺は逃げようと思えば逃げられたはずだ」

「逃げられたはず？　本当にそう思う？」

「わたしたちが、なんの手配もしていないとでも？」

それもまたそのとおり。

毒を飲むことなくここで待ち構えていたこの二人が、刺客に対して何も手を打っていないはずがない。

兄は、がくりと肩を落とした。

そこへ頭上から二人の言葉が降り注ぐ。

「だから考えてみてもいいということ」

「あなたが、その言葉をどうやって実行するかということで、あなたの命の重さを量ってあげる」

兄が再び顔を上げた。

「そうか。それならば」

それから兄は、暗殺《ころし》を受けた経緯《いきさつ》を詳しく話した。

黒幕に関しては何も知らなかったが、仲介者に関しては知っていることをあらいざらい話したのだと思う。

こんな裏切り行為をすれば二度と裏社会では仕事ができない。

だけど、もうする機会もないだろうから、これでかまわなかったんだ。

「俺が知っていることは、これだけだ。信じるかどうかは、そちらの自由だが」

双子は黙って兄を見下ろしている。

兄は床に落としてあった剣を拾いあげた。

わたしは必死で顔を上げ、押し殺した声で叫んだ。

「止《や》めて、兄さん」

わたしは体を揺すり、這いずってでも兄の元へ近づこうとした。

兄は、そんなわたしのほうへ顔を向け、そして。

卒然と笑った。

悠然と笑った。

泰然と笑った。

ああ、兄のそんな笑顔を見たのは、いったい、いつ以来だったろうか。

「兄さんを犠牲にしてわたしが生き延びても意味がない！」

笑みを消した兄は静かに首を左右に振った。

「デイレィ、俺はおまえを利用しようとしたんだ。成長するにつれ、おまえが格闘術や暗殺術に長《た》けていくのを見て、俺は密かに喜んでいた。おまえを利用すれば、俺が楽をして生きていけると。俺はそんな心根《こころね》の卑しい男なんだよ。せめて最後くらいおまえのために兄らしいことをしてやりたい」

「そんなことはない。わたしは覚えてるよ、兄さん。両親と死に別れて二人きりになった幼い頃、兄さんがひもじいのを我慢してわたしに自分の食べ物を回してくれたことを。兄さんがいたからこそ、わたしは生き延びられたんだ。兄さんがわたしを利用したいなら利用すればいい」

兄はもう一度、首を横に振る。

「俺にはおまえのような才能はない。この先、おまえの足手まといになるのは明らかだ。今回のことだって俺のしくじりだ。もっときちんと調べておかなくてはいけなかった。遅かれ早かれ、こうなる運命なんだよ。現状では選ぶべき道は二つ。二人とも死ぬか、俺が死んでおまえが助かるか、そのどちらかだ。だったら結論は決まっているだろう？　どうせ死ぬなら、おまえの役に立ちたいじゃないか」

「違う。違うよ、兄さん！」

「デイレィ、生き延びたら足を洗えよ。まっとうな方法で稼いで、まっとうな人生を送るんだ。おまえは俺なんかと違って、きっともっと先まで行ける女だ」

「兄さん！」

兄はわたしの叫びを無視して双子に向き直った。

「さぁ、しっかり量ってくれよ、俺の命の重さを」

「「判ってる」」

兄は剣の柄《つか》を右手で握り、高々と剣を掲げた。

そして切っ先に近い刀の峰を左の掌で押さえ込むように掴み、それから勢いよく剣を振りおろした。

「兄さん、止《や》めてぇぇぇぇっっ！」

14

次の瞬間、兄の首は胴から離れて床に転がっていた。

夥《おびただ》しい量の血が切断面から噴出した。

その鮮やかな赤い色はわたしの脳裏にずっと刻み込まれている。

ずっと、ずっと、ずっと。

座った状態で首を無くせば、ふつうは胴体が前に倒れるか、あるいは反動で後ろに倒れるかするものだけど、兄の体は微動だにしなかった。

まだ意志を持っているかのように、同じ姿勢でその場に座り続けていた。

そのせいで噴出する大量の血が、兄の目の前に立っていた双子の頭に、顔に、全身に降り注いだ。

二人もまた微動だにしなかった。

兄の血を浴び続けたまま、身動き一つせずに立ち尽くしている。

恐ろしくも凄惨で、しかし、どこか現実離れした光景だった。

わたしは言葉もなく、その光景をただただ見つめることしかできなかった。

やがて血の雨は止み、兄の遺体は静かに床に倒れ込んだ。

やるべきことはやったと安心したかのようだった。

「あなたの命、たしかにもらった」

「妹を救うには充分な重さだったわね」

双子の片割れが、わたしを拘束していた革紐を解いた。

15

手足の自由を得たわたしは、ゆっくりと立ちあがり、二人と相対した。

「さて、お兄さんとの約束だからね、君は自由になった」

「逃げるなら追わないでおくけど、どうする？」

わたしは昏《くら》い目で二人を見つめ、呟《つぶや》くように応えた。

「あんたたちと刺し違えて兄さんの仇《かたき》を討つって手もあるけど。勝てないまでも相討《あいう》ち覚悟で闘《や》れば、どちらか一人くらいは倒せるかもしれない」

「やめておきなよ。そんなことをして、お兄さんが喜ぶとでも？」

「あなたが死んだら、お兄さんの行為が無に帰《き》すのよ？　まったくの無駄死ににになるの。それが判ってるの!?」

「君はお兄さんとわたしたちに生かされた。その命を無駄にすべきじゃないな」

わたしは何も応えられず、顔を上げ、無言で天井を見つめた。

天井は兄の血で赤く紅く染まっていた。

わたしの肉体《からだ》も。

わたしの精神《こころ》も。

まったく動かなかった。

わたしは俯《うつむ》き、涙を流すことしかできなかった。

「兄さんがいなければ……わたしには帰るべき場所がない。兄さんがいなければ、わたしには為《な》すべきこともない。何もないいんだ、もうわたしには」

「だったら」

と片割れが言った。

「一つ、することを与えてあげようか」

わたしは、のろのろと顔を戻した。

「友だちにならないか？　前から年の近い同性の友だちが欲しいと思っていたんだ」

「そうね。家にいるのは兄ばかりだし、遊び仲間も男の子ばかりだしね」

「わたしの名はセリノス・セレニクス・クワドロス。よろしく」

「わたしの名はノエルノード・ノエラ・クワドロス。まぁ、よろしくね」

「……は？　な……にを言っている？」

わたしには二人の言葉の意味が理解できなかった。

だって……。

「わたしは、おまえたちの父親を暗殺《ころ》しに来たんだぞ」

「ああ、そうそう」

片割れが意味ありげな笑みを浮かべた。

きっとセリノスのほうだ。

「ええと、君、デイレィだっけ？　言っておくけど、父を暗殺《あんさつ》に来た兄妹《きょうだい》の刺客は仕事に失敗して死んだんだよ。二人ともね」

「そうね。裏社会との接触を絶つには、そうしておいたほうが安心よね」

「だから君が何者になるかはこれからの君次第ってことだけど、帰る場所も、することもないと言うのなら、とりあえず、わたしたちの友だちにならないか？」

わたしは混乱していた。

この二人が、なぜそんなことを言うのか理解できなかった。

「馬鹿な……わたしが兄さんの仇であるおまえたちと……友だちになんか……」

「駄目かな」

「駄目も何も……わたしは、おまえたちの寝首を搔くかもしれないんだぞ」

二人は顔を見合わせ、そして互いに肩をすくめた。

「まぁ、そのときはそのときのことさ」

「わたしたちの寝首を搔こうとするような気概のある娘《こ》、実際に搔けるかもしれない腕のいい娘《こ》と友だちになりたいのよね」

わたしの混乱は絶頂に達した。

「君がどうするかはさておき、とりあえず何か食べようか。少しお腹が減ったしね」

「ここに来るまで、飲まず食わずの状態だったんでしょ？」

わたしは返す言葉もなく呆然と立っていた。

「べつに食事で君を釣ろうなんて思ってないよ。君がどうするかは君が決めればいい」

わたしは泣いた。

このときばかりは、悔しくて悔しくて悔しくて、そして嬉しくて泣いた。

こんな優しい言葉を他人からかけてもらったのは生まれて初めてだ。

しかも相手は、暗殺《ころ》そうとした標的の娘《むすめ》なのに。

泣きながら、わたしは思った。

この二人は自分などとは格が違うと。

大将軍の娘である二人と、裏社会で芥溜《ごみた》めの中を這いずり回っていたわたしとでは、格が違うのだと思い知った。

この二人なら部下になってもいいと思った。

だから、わたしはそう応えた。

けれどしかし。

「駄目駄目。今だって部下は掃いて捨てるほどいるもの。わたしたちが欲しいのは腕のいい友だちさ」

「そうそう。無能な部下百人よりも、有能な友だち一人のほうが、いざってときに役に立つわよね」

「君の腕はこの目で確かめた。それだけの腕があれば、暗殺者《ころしや》なんかしなくったって生きていけるよ。そのための場所と手段は、わたしたちが提供するから」

わたしは……わたしは……わたしは、どうしていいか判らなかった。

ただ言われるままに、二人と食卓につき、ふたりと共に夜食を摂《と》った。

あとで二人から聞かされたけど、わたしは食事中ずっと泣いていたらしい。

自分ではよく覚えていないんだけど。

その日の夜、わたしは二人が用意してくれた部屋で寝た。

見張りもいなければ、鍵もかかっていない部屋だった。

「逃げたければ逃げてもいいんだ」

とセリノスは言っていたけど、わたしは逃げなかった。

というより逃げられなかった。

だって、次の日の昼近くに二人に起こされるまで、わたしは泥のように眠りこけていたんだから。

寝台の敷き布と掛け布は薄っぺらい物だったけど、とても寝心地がよかったのを覚えている。

暗殺《ころし》の仕事をするようになってから初めてだったよ、あんなに熟睡できたのは。

これが、わたし——暗殺者《ころしや》のデイレィが死んだ日の出来事さ。

それから少しして、わたしは跡継ぎを病気で亡くしていた貴族の家——デビィアノス家に養子に入ることになったんだ。

養女とはいえ、わたしのような下層の者が貴族の娘になるなんて、面映《おもは》ゆいというか、恐れ多いというか、なんとも複雑な心境だったけど、セリノスとノエルノードの差し金だから断れっこなかったし、諦めて開き直って、言われるとおりにした
そうしてデイレィ・ドゥーニュ・デビィアノスが誕生したってわけ。

16

アフレアは目を丸くしてわたしを見ている。

「驚いた？」

アフレアは小さく唸って小声で応えた。

「ちょっと……ね。何か訳ありなんだろうとは思ってたけど、そこまでとはねぇ」

「そういうアフレアだって、訳ありなんだろう？」

「さあ……どうかしらね」

アフレアが困ったような顔になったので、わたしは右手を振った。

「いいよ、いいよ。わたしが秘密を話したからアフレアも話せ、とは言わないよ」

「そ……う？」

「話したくなったら話してくれれば」

「でも、あんたは……」

「わたしはアフレアに話したくなったから話しただけ」

「そっか」

「それはいいんだけど。でもねぇ」

わたしは頭の後ろで両手を組んで天井を見上げた。

わたしたちがいるのは本城の休憩室で、周りには鎧姿の何人かの団員が石床の上に折り畳み式の床几《しょうぎ》を広げてくつろいでいるが、遊撃小隊員はわたしとアフレアしかいなかった。

「わたしには今でもよく判らないんだ。セリノスとノエルが、どうしてわたしと……自分の父親を暗殺《ころ》しに来た奴なんかと友だちになろうだなんて言いだしたのか」

「そうねぇ。面白いわね、あの二人」

「面白い……のかな」

とわたしが首をひねっていると、アフレアが薄い笑みを浮かべた。

「そんなこと、セリノスとノエルが、あんたのことを認めたからに決まってるじゃない。この先、ずっと一緒につき合っていく価値がある奴だってことを。その判断を自分の父親の暗殺《あんさつ》未遂事件で下したってことが、とびきり面白いわね、あの二人」

「そう……なのかなぁ」

わたしはまだ納得できなくて、小首を傾《かし》げるのだった。

「ところでさ、あたしにも一つ判らないことがあるんだけど？」

「何かな？」

「セリノスとノエルは、どうしてあんたと兄さんの襲撃をまるで予想していたかのように待っていたわけ？」

「ああ、それか」

わたしは頭を掻いた。

「ほら、兄さんが、とある下級貴族から毒薬を買ったって言っただろ」

「ああ……そんなことを話してたわね」

「どうもね、兄さん、何度か接触してるうちに、近々、大きな暗殺《しごと》をするかもしれない、みたいなことを匂わせちゃったらしいんだ。それで売り手が気にして、わたしたちのことを探ったらしい。先方としたら、自分たちの売った毒が誰に対して使われるのか気になったんだろうね。向こうも裏社会と繋がってるから、わたしたちの標的が誰か目星をつけてクワドロス家に情報を流したんだ。その家は元々、クワドロス家と縁が深い貴族だったらしくてさ。わたしたちに運がなかった……ということなのかな」

「ふぅん」

わたしは照れたように、ははは、と笑った。

「その後、件《くだん》の下級貴族の関係者に出会ったから、ぶん殴ってやったけど
まぁ、ぶん殴ったというか、半殺しにしたっていうか。

「ん？　それって……」

「お返しに食事に毒を盛られて、酷《ひど》い目に遭ったけどね」

酷い目っていうか、四分の三くらい死んだっていうか。

「……もしかしてウェルネシアのこと？」

わたしは笑みを収めると、真剣な顔で言った。

「アフレアも、ウェルにはちょっかいを出さないほうがいいと思うよ。毎回、自分の食事に何か入ってるんじゃないだろうか、なんて心配しながら食べるの、嫌だろう？」

「それは……食事が美味《おい》しくないわね」

「いや、まったくそのとおりでね」

わたしはウェルに毒を盛られ、食べた物を吐きながら床をのたうち回ったときのことを思いだしていた。

効き目の弱い毒だったから死ぬことはなかったけど、一週間くらい身動きもままならなかった。

あれは本当に洒落《しゃれ》にならない体験だった。

そのとき思ったこともある。

ウェルと知り合いだったなら、彼女の毒を使ってわたしや兄に自白させることもできたんじゃないかと。

セリノスとノエルノードがそれをしなかった理由は……やっぱり、わたしにはよく判らない。

「ところでさ」

アフレアは身を乗りだしてきて、わたしの顔を覗き込む。

「あたしに自分の過去話をしたってことは、この話、みんなにもするの？」

「さて、どうしようかな」

わたしはここで新たに知り合った仲間の顔を思いうかべた。

アフレア。

ガブリエラ。

レオチェルリ。

ドゥイエンヌ。

マルチミリエ。

現在《いま》は騎士団にいないけれど、ジアンも。

「それはアフレアに任せるよ。アフレアが話したければ、話してもいい」

「ちょっと、そんな大事なことを他人《ひと》任せにしていいわけ？」

「他人《たにん》じゃなくて仲間だろ、アフレアは」

「仲間……ねぇ。まぁいいわ。あたしはもうしばらく黙ってる。ドゥイエンヌやガブリエラが知らないあんたの過去を知ってるってのは気分がいいから」

「うん。じゃあ……他《ほか》の仲間には、機を見てわたしから話すよ。いずれ話さなくちゃならないと思ってはいるんだ」

わたしは、もう一度、遊撃小隊の面々の顔を思い浮かべた。

セリノスにノエルノード、ウェルネシアを始めとする頼もしい仲間たちの顔を。

彼女たちなら、わたしを新しい世界へ連れていってくれそうな気がする。

そこへ行ってみたい。

今まで知らなかった世界を見てみたい。

今まで知らなかったことを経験してみたい。

今まで知らなかった興奮を味わってみたい。

今まで知らなかった喜びに震えてみたい。

だからわたしは、これからもこの仲間たちと共に歩いていこうと思うんだ。
それで……いいんだよね、兄さん。

わたしが死んだ日　終わり

必ずあたしが戻してあげる
——アフレア・ファウビィ・セビリィシス

1

自分の主人――アフレア・ファウビィ・セビリィシス――が寝つけないでいることにシゥビーニュは気づいていた。

やがてアフレアは寝るのを諦めたのか、起きあがって寝床を抜けだすと、静かに部屋から出ていってしまった。

シゥビーニュは自律的な魔術人形なので、主人からの魔力供給を絶たれない限り活動を止《と》めることはない。

アフレアのような高位の魔術士ともなると、特に何かをしなくても近くにいるだけでシゥビーニュに対する魔力供給は為《な》されるから、休んでいるときでも、シゥビーニュがアフレアの行動に気づいたのは特に不思議なことではない。

余談だが、シゥビーニュが活発に行動しようとすれば魔力の消費量が増えるので、そのような場合――例えば戦闘をするというような――は、特別に多量の魔力を供給してもらわなくてはならない。

逆に充分な魔力の蓄積があれば、アフレアが側にいなくても、ある程度の活動ができるのである。

というシゥビーニュの特性はさておき。

山の斜面に造られているグル・マイヨール要塞本城は、団員の居住区域を山を掘って確保している。

今は深夜。

水平に掘られた坑道の奥にある居住室では、遊撃小隊員が薄い掛布にくるまって眠っている。

昼間の重労働で疲れているから、みな熟睡していた。

いつもなら、アフレアも例外ではない。

だが、今夜は……今夜だけは、アフレアはどうしても寝つけなかった。

2

アフレアの後を追ってシゥビーニュも居住室を抜けだした。

主人の気配を追いかけて石畳の暗い廊下を歩いていくと、途中で、見回りをしている団員二人と出会った。

人よりもずっと小さい人型の何かが暗がりから近づいてきたのを認めた団員は、ぎくりと身を強ばらせる。

だが、シゥビーニュのほうから挨拶を送ると、二人はほっとして体の力を抜いた。

「夜警、お疲れさマだナ」

「シゥビーニュちゃんか」

「驚かさないでよ」

「こんな夜中に何してるの？」

「まさかお散歩ってわけでもないでしょう？」

「ちょっトな、ご主人ガ起きだシタんデ、アトを追いカケてるノさ」

「ああ、そういえば、さっき、アフレアともすれ違ったわね。眠れないから夜の散歩とか言っていたけど」

「ご主人様のことが心配？」

「心配っツぅか、ご主人のコトは、あたいガ面倒みてヤらなイトいけないンだヨ。それガ先代とノ約束だからラな」

「先代？」

「どういう意味、シゥビーニュちゃん？」

「ああ、その話ハまた今度ダ。んジャ、あたいハご主人のアトを追うカら」

シゥビーニュがその場から足早に歩き去ってしまうと、残された二人の団員は互いの顔を見合わせ、小さく肩をすくめた。

3

アフレアの魔術人形であるシュビーニュは、少し距離が離れたくらいで主人の居場所を見失うことはない。

シュビーニュは小さな体で跳ねるように階段を上がっていく。

彼女が城壁上に作られた通路に立つと、城壁に背中を預けてぼんやりと夜空を見上げていたアフレアが、シュビーニュに気づいて振り返った。

アフレアが着ている膝丈の裳裾《もすそ》――団から支給された寝間着《ねまき》――が夜風にはためいた。

よく晴れた夜空には双《ふた》つの丸い月が浮かび、銀色の月光を地上に降り注いでいる。

月明かりが強すぎて、周りにあるはずの星々の輝きが視認しにくくなるほどだ。

辺りは夜とも思えない明るさに満ちていた。

「シュビーニュ……」

「どうシた、ご主人？」

アフレアはゆるゆると顔を戻し、また夜空を見上げた。

「こんなふうに双つの満月が出ている夜は……思いだしちゃうのよね」

「そウか。思いだシちゃウノか」

「だしちゃうのよ」

「モう十年モ昔のコトなのニナ」

アフレアは大きなため息を吐《つ》いた。

「あれから、もう十年になろうっていうのに……。なかなか忘れられないものね」

「無理しテ覚えとクことデモないガ、無理しテ忘レルことでモないサ」

「あんた……ときどき鋭いこと言うわね」

「おイおイ、あたイハご主人より、ずっト長く生キてルンだゼ？」

「ああ……そうね。そうだったわね。あんたはお師匠様によって造られ、命を吹き込まれたんだものね」

アフレアの回想は、師匠やシゥビーニュや兄妹たちと毎日楽しく暮らしていた頃にまで遡《さかのぼ》っていった。

あの頃のシゥビーニュは今よりずっと大きかったのだ。

4

物心ついたとき、すでにアフレアは師匠と暮らしていた。

自分がどこの生まれなのか、両親はどこの誰なのか、どうして師匠と一緒に暮らしているのかをアフレアは知らなかった。

名前だけは実の親からもらったものだと知っていたが、それ以外のことは師匠に訊いても教えてくれなかった。

「わたしはおまえを本当の自分の子だと思って育てているのだ。それで充分であろう、アフレア」

だから彼女にとって、彼は魔術の師であると同時に自分の親でもあった。

師匠の名はジゥ・ビ・アニエス。

師匠の下には自分と同じような境遇の子供が他《ほか》に二人いた。

年上の男子が一人、年下の女子が一人。

師匠はいつも三人に、

「おまえたちは兄妹《きょうだい》だ。だから仲良くするのだよ」

と言っていた。

アフレアも他の二人も、互いを本当の兄妹のように思っていた。

ジゥは深い森の中に居《きょ》を構え世捨て人同然の暮らしを送っていたが、大いなる魔力を持った偉大な魔術士だった。

彼に育てられている三人の子供にも魔術士の資質があった。

というよりも、魔術士の資質のある子供をジゥが引き取ってきて育てていたといったほうが正解だろうか。

幼い三人は師匠の教導により、めきめきと魔術の腕を上げていた。

アフレアは自分の正確な年齢を知らなかったが、ジゥの年齢も知らなかった。

世捨て人同然に暮らしているが、彼はそれほど年を取っているわけではない。

アフレアが観《み》たところ、まだ四十歳を少し超えた程度だったろうか。

もっとも高位の魔術士には、ときたま見た目と実年齢が乖離《かいり》している者がいるという

から、ひょっとしたらもっと上（下？）の可能性もあった。

一方、三人の子供は、年長の男子が八、九歳くらい、アフレアが六、七歳くらい、一

番年少の女子がアフレアよりも一、二歳下。そのくらいだった。

三人の子供の年齢は、おそらく見た目どおりで間違いないだろう。

師匠と子供兼弟子たちは、森の奥で四人、ひっそりと仲睦《むつ》まじく暮らしていた。

ここでこうして暮らすようになってから、もう三、四年が経っただろうか。

正確に言えば暮らしているのは四人ではなかった。

四人の他にも、一体の魔術人形が彼らと共に在《あ》った。

魔術人形の名はシゥビーニュ。

創造主はジゥ・ビ・アニエス。

彼は魔術士にして人形使いという希有な才能の持ち主だった。

5

「ユリウス、アフレア、サァラ、朝ですよ。起きるのがよいでありますす」

森の中の小屋の一室に並べられた三つの小さな寝台で寝ていた三人の子供は、いつものようにシュビーニュの優しい声で起こされた。

三人にとってジュが父親だとすれば、シュビーニュは母親代わりの存在だった。

扉が開いてシュビーニュが部屋に入ってきた。

ひらひらとした女給服のような服を着たシュビーニュは、今の姿からは想像できないほど背が高くて胸も大きく盛りあがり、完全完璧な大人の女性の形態をしていた。

「んぁ……お早う、シュビーニュ」

「おはよ〰〰」

「おはようございまぁす」

三人の子供は目を擦りながら寝台の上に半身を起こした。

シュビーニュは窓際へと歩き、閉まっていた板戸を開け放った。

眩《まばゆ》い朝日が室内に射し込んできて、三人は目を細める。

開けた板戸をつっかい棒で支えてから、シュビーニュが振り返った。

「さぁみんな、朝食の前に魔術の修行ですよ。着替えて表に出るのがよいであります」

「ふわ〜〜〜い」

寝惚け眼《まなこ》のまま寝台から抜けでた三人は、寝間着を脱ぎ捨てて裸になると、いつもの活動着に着替える。

まだ幼い三人は互いに男女の別を意識することもなかった。

「シュビーニュ、お師匠様は？」

着替えながらアフレアがそう訊いたのには訳がある。

じつは、ここ三日ほど、ジュは体調が優れず、ずっと寝込んでいたのだ。

その間《かん》の修行はお休みだった。

だが、今朝、シュビーニュが「魔術の修行」と言ったからには、ジュの体調が戻ったのだろう。

アフレアはそれを確認したかった。

「ジュ様は、今日はもう起きられているのです。まだ万全ではないようですが、みんなに魔術を教えられるくらいには快復されているのであります」

「そう。よかった」

アフレアだけでなく、ユリウスもサァラも安堵の息を吐《は》いた。

三人が短い筒袴と体に密着した薄手の上着に着替えるのを待ってから、シュビーニュはアフレアたちを表に連れだした。

その後、自分は着替えのために小屋の中に戻っていく。

外に出た三人を迎えたのは魔術士ジゥ・ビ・アニエスだ。

長くて波打った銀髪が印象的な男で、背はそれほど高くないが、筋肉質の引き締まった体つきをしていた。

今朝は、ゆったり目の上着を着て細身の筒袴を穿《は》いている。

「三人とも、まだ眠そうだな」

朝陽を浴びて小屋の前の空き地に立つジゥが笑っている。

「顔を洗ってきなさい。修行はそれからだ」

「はぁい」

裏手の井戸で水を汲んだ三人が顔を洗って戻ってくると、すでに着替えを終えたシゥビーニュがジゥの隣に立っていた。

魔術の修行の際のシゥビーニュは、がらりと雰囲気が変わる。

ひらひらの女給服もどきを脱ぎ捨てたシゥビーニュが身に纏《まと》っているのは、細くて黒い布帯だけ。

それを体にぐるぐると巻いている。

彼女が身に着けているのは、それだけだ。

布帯の合間からはシゥビーニュの細くて長い手足が覗いていた。

人間としか見えないシゥビーニュだが、それでも注意深く視線を向ければ、肘と膝の関節部分が半円形の覆いに覆われているのが判る。

逆に言えば、長い袖の服と長い裳裾を穿いてしまえば、一般人が彼女を魔術人形だと看破することは不可能だろう。

今のシゥビーニュは、黒い布帯を身にまとうだけでなく、手に大きな鎌を持っている。

あの鎌こそが彼女の得物《えもの》なのだ。

黒い布帯で体をぐるぐる巻きにし、なおかつ大きな鎌を携えて立つシゥビーニュは、死と断罪の守護天エンデミオネシュアのようにも見えた。

彼女は魔術士である主人、ジゥ・ビ・アニエスを護《まも》るためにいる。

シゥビーニュの戦闘能力はその辺の兵士や傭兵などを遙かに凌駕《りょうが》している上に、ジゥから魔力の供給を受け続ける限り、疲れを知らずに闘い続けることができる。

強大な魔術士ジゥと、彼が操る強力な魔術人形シゥビーニュ。

二人の連係の見事さは言葉など交わさなくても十全に意志の疎通ができてしまうことに起因している。

「あたしもシゥビーニュを操りたい」

以前に、アフレアはジゥにそう言ったことがあった。

そのときジゥは、アフレアの頭を撫でながらこう応えたのだ。

「まだアフレアには無理だな。もっと修行してもっと魔力を高めないと、シゥビーニュは操れないよ」

「あたし、頑張る。いつかきっとシゥビーニュを操れるくらいの魔力を手にしてみせる。ねぇ、お師匠様、そしたらシゥビーニュをあたしにちょうだい」

「ははは、いいとも、アフレア。おまえがシゥビーニュを操れるだけの魔力を得て、シゥビーニュがアフレアのことを主人と認めたら、シゥビーニュはアフレアに進呈しようじゃないか」

ジゥが本気で言ったのか、それとも単なる気まぐれだったのか、それは判らない。けれどアフレアは、あのときの師匠との約束を励みにして、今まで厳しい魔術の修行にも耐えてきたのだ。

6

ジゥが三人に呼びかけた。

「さぁ、では始めるよ」

シゥビーニュは彼の隣に立っている。そこにいるのが当然だという顔で。

そんなシュビーニュと師匠を見るたびに、アフレアは心密かに思うことがある。

あの隣に……いつかシュビーニュの隣に、あたしが立ってやる。

それはアフレアが充分な魔力を得たことを意味するのだから。

師匠と同等とはいかなくても、魔術士として独り立ちできるだけの魔力を得たことを意味するのだから。

自分は孤児なのだと判るような年齢に、アフレアは成長していた。

親はなく、実家もない。

体も小さく、同年代の子と比べても非力だ。

そんな自分が生きていくためには力を持つしかない。

幸いにもアフレアには魔術の資質があった。

だから彼女は、これに賭けようと、いや、これに賭けるしかないと思っている。

自分が生きていくために師匠の教えを残らず吸収し、そしていつの日か師匠を超えるほどの魔術を身につける。

それが今のアフレアの目標――遠大ではあるが――だった。

「今日は風の系統の魔術をおさらいしてみよう」

ジゥが幾つかの呪文を唱え、三人の目の前で魔術を使ってみせる。

三人もジゥの呪文をなぞり、魔術を行使する。

魔術とは、学問であり体系である。

だから資質のある人間が呪文を唱えれば、等しく魔術を使うことができる。

例えば、風の魔術で最も基本的なものに、鋭い旋風《せんぷう》を起こして相手に斬りつけるというものがある。

俗に鎌鼬《かまいたち》などと呼ばれることもある魔術だが、その呪文の基本形は以下のとおりだ。

「立てよ盾《たて》、誇れよ矛《ほこ》、起これよ加勢《かせ》、怒れよ風、旋風《つむじ》となりて疾風《はやて》となりて汝の怒りを疾《はし》らせよ。旋刃斬牙《せんじんざんが》！」

魔術の資質のある者が精神を集中してこの呪文を唱えれば、等しく鎌鼬を使うことができる。

とはいえ、誰が使っても同じ効果を生むわけではない。

想像力と創造力、経験値と判断力、魔力の大小、そして守護天《しゅごてん》との相性などによって、発現する魔術の効果は大きく左右されることになる。

このうち、想像力や創造力、経験値や判断力などは修行を積むことによって高めることができる。

魔力も、ある程度までなら修行によって大きくすることも可能だ。

しかし、守護天との相性だけは、いくら鍛えても、ほとんど変えることはできない。

ここだけが魔術は学問であり体系であるという法則からはみ出している部分なのだが、元々、魔術が守護天の力を呪文によって現世に導きだし発現させるものである以上、致し方のない部分ではあった。

という余談はさておき。

ここで言いたいのは、同じ呪文を唱えても、師匠であるジゥと弟子であるアフレアたち三人では、魔術の威力に大きな差があるということである。

ジゥの鎌鼬は、幹《みき》の直径が半ヤルド以上もある太い木を軽々と伐《き》り倒す。

その気になれば直径一ヤルドの巨木だって伐り倒すだろう。

アフレアは未だに半ヤルドのそのまた半分の太さの木しか伐れない。

しかもジゥは、鎌鼬を真っ直ぐ前方から木にぶつけるのではなく、迂回させて背後から伐り倒すというような芸当までしてみせる。

そのような軌道を楽々と実現させるジゥと、真っ直ぐぶつけることしかできないアフレアとの差が、即ち想像力と経験の差であるといえる。

お師匠様を超えるなんて今はまだ夢のまた夢だけど、でも、少しでもお師匠様に近づくために、そのためにあたしは頑張る。死に物狂いで頑張るんだ。

毎日毎朝毎晩、アフレアは必死で呪文を覚え、呪文を唱え続けた。

7

修行は、ただ呪文を唱え、魔術を発現させるだけではなく、模擬戦闘も行った。

ジゥとシゥビーニュを相手に三人の弟子が魔術戦を挑むのだが、これがなかなか大変な修行だった。

まず、三人合わせても魔術ではジゥに敵《かな》わない。

その上、ジゥには前衛としてシゥビーニュがついている。

相手が魔術士である場合、シゥビーニュの存在は反則といえるほどの強さを発揮する。

直接戦闘力が高いだけでなく、魔術人形である彼女は、魔術に対する耐性も恐ろしく高いからだ。

おそらくシゥビーニュを魔術で打ち破るにはジゥ並みの魔力が必要。

三人にはとうてい不可能。

であれば、三人の闘い方は限定される。

一人がシゥビーニュに向かい、残りの二人でジゥに向かうか、あるいは二人でシゥビーニュに向かい、残りの一人がジゥに当たるかだ。

シゥビーニュには魔術が効かないため——ジゥも強力な対魔術防御結界を張っている

ので弟子たちの魔術が効かないことに変わりはない——三人は武器を持って闘うことになる。

　が、どちらにしても三人に勝てる相手ではない。

　この修行の要点は、魔術での闘いを体感すると同時に、叩く、斬る、殴る、蹴るという直接的な戦闘を経験することにあった。

　魔術士にも拘《かかわ》らず、今のアフレアが斬り合い、叩き合いを厭《いと》わないのは、子供の頃のこの修行が大きくものを言っているのだ。

　今日の模擬戦闘では、ジゥに対してユリウスが向かい、アフレアとサァラがシゥビーニュを受け持つことにした。

「では、始めようか、ユリウス、アフレア、サァラ」

　とジゥが模擬戦闘の開始を告げると、黒い布帯で体をぐるぐる巻《まき》にしたシゥビーニュが三人に対して頭を下げた。

「いつものように手加減をいたしますので、安心するのがよいであります」

　勝つのは無理でも、手加減抜きのシゥビーニュと闘《や》り合ってみたいとアフレアは思う。

　その日がいつか来るのか、あるいはそんな日は永遠に来ないのか、それはアフレアにも判らない。

「行きます」

とユリウスが応え。

直後にアフレアとサァラが疾《はし》った。

風の魔術で自らの体を後押しして宙を舞うように疾《はし》った二人は、一気にシゥビーニュとの距離を詰める。

二人は手にした剣を振りあげ、思い切り振り下ろし、同時に、走りながら唱えていた鎌鼬の呪文を、ここで発動させる。

むろん、ただ鎌鼬をシゥビーニュにぶつけても効果はない。

二人は魔術に少し工夫を施し、剣の軌道の前面に鎌鼬を置いて、剣を振り下ろすのと同時に発動させたのだ。

こうすることによって、剣が鎌鼬に引っ張られる形になり、振り下ろす速度が一気に増す。

シゥビーニュは、いつものように手にした大鎌で二人の斬撃を弾き返そうとする。

そう、いつもなら、それで軽々と弾き返せた。

しかし、今日は。

サァラの剣はぎりぎりのところで弾いたが、アフレアの剣は弾けなかった。

風の魔術のおかげで、いつもより剣速が上がっていたからだ。

大鎌をかいくぐったアフレアの剣が、シゥビーニュの体を叩こうとする。

やった！

アフレアは、自分の一撃が決まったと思った。

ところが。

剣はシュビーニュの体には届かなかった。

「今のは面白くありました、アフレア」

え？

見ると、アフレアの剣に幾つもの黒い布帯が絡《から》みついている。

布の帯は、それ自体が意志を持っているかのように、うねうねと揺れ、蠢《うごめ》き、そのうちの一部がアフレアの剣を絡め取っていたのだ。

布が外れた部分にはシュビーニュの白い滑らかな作り物の肌が覗いている。

そうか。これがシュビーニュの戦闘用の魔具なんだ！　初めて使うところを見た。

どうして模擬戦闘のときにわざわざこんな布帯に着替えてくるのか、アフレアは常々不思議に思っていた。

修行のために着替える以上、何らかの魔具であることは――おそらく対魔術防御を乗せた防御用の魔具だろうと――想像がついたけれど、このような使い方をするとは思わなかった。

「これをわたしに使わせただけでも、合格と言ってよいでありますね」

と言ってシゥビーニュが笑った途端、彼女の体に巻かれていた布帯が大きく拡がった。

まるで巨大な黒鳥が大きな羽を拡げたような印象だった。

拡がった布帯は、一気にアフレアとサァラ目がけて襲いかかってきた。

「あぁっっ⁉」

剣を奪われただけでなく、アフレアとサァラの体も布に絡め取られてしまった。

手足の自由を封じられた二人は、そのまま宙づりにされてしまう。

混乱したサァラは泣き喚くばかりだったが、アフレアは違った。

口が塞がれていないのだから、まだ抵抗はできる。あたしは魔術士だから。

彼女が咄嗟《とっさ》に唱えた呪文は炎の呪文。

間髪《かんはつ》を容《い》れずに風の呪文を唱え、現出させた炎を風に乗せて走らせた。

アフレアを絡めている布帯を伝って、炎はシゥビーニュに向かった。

「あ？」

次の瞬間、シゥビーニュが炎に包まれた。

というより、彼女の体に巻かれている布帯が燃えあがったというほうが正確か。

意外なことに布その物にはそれほど対魔術防御力がなく、アフレアの魔術によって大きく燃えあがった。

アフレアやサァラを絡めていた布帯が燃え落ち、二人は体の自由を取り戻す。

しめた。ここで追い討ちを……。

地面に片膝ついたアフレアが手足に絡みついていた布帯を払って立ちあがった直後、早くも彼女の眼前にシュビーニュが迫っていた。

「今の応対も、とてもよくありました、アフレア」

体に巻いていた布の大半が燃えてしまったシュビーニュは、今や裸同然の恰好だった。

そして、まだ体に巻きついている布帯の残りは激しく燃えている。

紅蓮《ぐれん》の炎を身にまとった半裸のシュビーニュの凄絶な美しさを、アフレアは今でも忘れることができない。

「でも、追撃に移るのが少し遅いですね。わたしがサァラを攻撃したときにわたしを攻撃すれば、よくありました」

サァラは地面に落ちたときに受け身を取り損ない、そこをシュビーニュに襲われ、気絶させられていた。

シュビーニュは、そのときを逃さずに攻撃しなくてはだめだとアフレアに言ったのだ。

シュビーニュに見惚《みほ》れるように固まっているアフレアに、シュビーニュは鋭い突きを叩き込む。

アフレアが腹を押さえ、低く呻《うめ》いてその場に頽《くずお》れた。

すでにジゥとユリウスの魔術戦も終わっていた。

どれほど手加減をしていても、やはりジゥの圧勝だった。

「よし、今朝の修行はここまでにしよう。三人とも、なかなかよかったぞ。なぁ、シゥビーニュ？」

「はい、ご主人様。なかなか、よくありました」

8

魔術や打撃で痛む箇所に、ジゥが癒《いや》しの呪文をかけてくれた。

三人は汚れた服を脱いで井戸水で顔と体を洗い、服を抱えて小屋に戻ると、自室で着替えをした。

全員の食事は毎朝、シゥビーニュが作ってくれる。

三人が居間へ顔を出すと、いつものひらひら女給服もどきに着替えたシゥビーニュが朝食を食卓に並べているところだった。

ジゥはすでに席に着いている。

「三人とも、お座り」

「はぁい」

シゥビーニュが朝食を並べ終わると、ジゥが右手で皿を持ちあげ、目の前に掲げた。

「では、食べようか」

「いただきまぁす」

四人が食べ始めると、シュビーニュはそっと後ろに下がり、居間の片隅に立って四人の食事が終わるのを待つ。

魔術人形である彼女は食事を摂《と》る必要がないのだ。

質素な朝食だったが、師匠と二人の兄妹と共に食べる食事は、アフレアにとって幸せを感じさせてくれるひとときだった。

食事を摂りながらも、ジゥは今朝の模擬戦闘を振り返り、あれこれと教えてくれる。

たいていは修正すべき問題点を指摘され、効率を上げるための考え方などを教授されるのだが、今日はジゥが珍しく誉めてくれた。

「アフレアとサァラの工夫は、なかなかに面白かった。あのように自分で考え、工夫し、既存の魔術をより使い易く、より効果的に鍛えていくことこそが、魔術士にとって重要なことなのだ。二人とも工夫することを忘れず、向上することを諦めないようにな」

アフレアとサァラが嬉しそうに笑う。

「ユリウスも、今日は頑張った。最近は同じ詠唱をしても、以前より効果の顕現が早く、しかも長持ちするようになっているぞ」

ユリウスも照れたように笑った。

四人と一体の毎日は、このように、いつも安らかで温かいものだった。
だが、その日は。
その日だけは違った。
いつもと違う特別な一日。
そして。
その日を境に、四人と一体の安らかで温かい日は二度と巡っては来なかった。

9

最初に気づいたのはシュウビーニュだった。
「ご主人！」
珍しく彼女の声には緊張感が満ちていた。
三人の弟子との話に夢中になっていたジゥが、はっとして顔を上げた。
彼が浮かべていた優しそうな笑顔が、みるみる強ばっていく。
ゆっくり立ちあがったジゥを見上げて、アフレアは思わず息を呑んだ。
これほど厳しく険しい顔をした師匠を見たのは初めてだった。
ジゥの体から溢れだす緊張感が室内に充満して、アフレアやユリウス、サァラは息苦しさを覚えるほどだった。

ジュは小さくひとりごちる。

「まさか、ここまで追ってくるとはな」

「どうなさいます、ご主人？」

というシュビーニュの問いかけに、ジュは、ふっと小さく笑った。

それは自嘲の笑みのようにも見えた。

「話し合いに応じてくれる相手でもあるまい」

「はい」

ジュが三人を振り返った。

「おまえたちはここを出るんじゃない。何があっても出るんじゃない。いいな⁉」

ジュの鋭い眼光に射竦《いすく》められ、三人は凍りついたようにその場に固まった。

返事をすることさえできなかった。

せっかく着替えた女給服を脱ぎ捨てたシュビーニュは、またもや黒い布帯を……いや
今回は黒い革帯を体に巻きつけた。

布帯が修行用の戦闘服だとするなら、これこそがシュビーニュの実戦用戦闘服。

「行くぞ、シュビーニュ」

「はい、ご主人」

居間の戸を開けて部屋を出ていくジゥの背中から噴きだす闘気をアフレアは目《ま》の当たりにしたような気がした。

彼の後に黒い革帯でぐるぐる巻になったシゥビーニュが続く。

アフレア、ユリウス、サァラの三人は、二人の背中を目で追いかけることしかできなかった。

アフレアたちが生きているジゥを見たのは、そのときが最後だった。

10

凄まじい魔力が外で吹き荒れている。

荒れ狂っている。

世界が消し飛んでしまうのではないか。

そんな恐怖を三人は覚えた。

これがお師匠様の本気。けた外れだ……。

今まで自分たちの相手をしてくれたときは、実力の二、三割も出してなかったのではないだろうか。

それはアフレアにとって衝撃的な事実だった。

けれど、さらに衝撃的なことは、ジゥと闘っていると思われる相手の魔術士の魔力も、またけた外れであったことだ。

おそらくはジゥと同等。

そんな魔術士が二人もいるなんて。今ここにいるなんて。

強大な魔力の余波が押し寄せ、小屋がびりびりと震えている。

直接、魔術をぶつけられなくても、このままでは小屋が潰れるかもしれない。

逃げなきゃ。

しかし、ジゥは動くなと言った。

ここから出るなと言った。

いや、師匠の言いつけがなくてもアフレアは動けなかっただろう。

何しろ瘧《おこり》のように体が震え、体重を支えきれないほどに膝が笑い、息をすることすらままならない。

アフレアだけでなく、ユリウスもサァラも一歩も動くことができないのだ。

怖い？　恐怖している？　あたしが？　違う！

怖くて体が動かないのなら、そのほうが何倍もましだとアフレアは思った。

アフレアが動けないのは怖いからではない。

悔しいからだ。

悔しくて情けないからだ。

絶望的なほどに自分が小さくて未熟だからだ。

お師匠様に褒められていい気になっていた。舞いあがっていた。こんなちっぽけな魔力でシュビーニュが欲しいだって!?　馬鹿じゃないの、あたしは！

悔しくて情けなくて惨めで、今にも泣きそうになるアフレアだったが、やがて別の感情に支配されるようになった。

怒りだ。

未熟な自分に対する激しい怒り。

本当の魔術を知らなかった自分への怒り。

教えてくれなかった師匠への怒り。

その感情に衝《つ》き動かされたアフレアは、深く大きく息を吸った。

体の震えは止まった。

呼吸は肺の奥まで届いた。

ようやく全身に血液が行き渡った気がする。

さて、どうしよう。

アフレアは二人の兄妹を見る。

ユリウスとサァラは凍りついたように固まったままだった。

駄目だ。二人はまだ動けそうにない。

アフレアは迷った。

師匠の言いつけを守ってここにおとなしく控えているか。

それとも、言いつけを破って二人の強大な魔術士の闘いを覗きに行くか。

しかし。

「……あ！」

どうやら遅かった。

アフレアは、凄まじい魔力のぶつかり合いが小屋の周りから急速に遠ざかって行くのに気がついた。

慌てて居間を飛びだすと、アフレアは小屋の外へ転がりでた。

あれほど強大だった魔力は、すでに針の先ほどにしか感じない。

遠ざかっていく速度は駿馬《しゅんめ》よりも速そうだ。

おそらく魔術に乗って駆けたのか跳んだのか。

小屋の前でアフレアは地団駄《じだんだ》を踏む。

あたしの馬鹿馬鹿！　迷っている間に遠くへ行っちゃった！　もう追いつけない……。

はぁ、とアフレアは肩の力を抜いた。

こんな好機はなかったのに。

たしかに、ジゥが最大限の魔力を振るう場面など、もう二度とお目にかかれないかもしれない。

見たかったな。お師匠様の本気の全力。

当然、ジゥが負けることなどまったく考えてないアフレアは、師匠がその強大な魔術で強敵を退ける瞬間を見逃したことを大いに悔やんでいた。

けた外れに大きな魔術の影響がなくなったおかげで、体や精神に受けていた重圧も減じた。

なんとか動けるようになったユリウスとサァラも、小屋の中からよろけるように転がりでてきた。

すでに魔術士同士の闘いの気配は、小屋の前では感じられなくなっていた。

闘いは、どこか遠くでまだ続いているのか。

それとも、すでに決着を見たのか。

後者であるなら、やがてジゥは戻ってくるだろう。

前者であるなら、ジゥが戻ってくるまで、もう少し時間がかかる。

相手の魔力の大きさからすると、さすがのジゥも手こずるかもしれない。

時間がかかるかもしれない。

アフレアは待った。

師匠の戻りを。

ユリウスとサァラと共に小屋の前でひたすら待った。

だが。

日が中天《ちゅうてん》高くまで昇っても、師匠とシュビーニュは戻って来なかった。

11

どういうこと……？

アフレアは不安になる。

ジュが負けることなど夢想だにしていなかったアフレアだが、この時間になっても彼が戻ってこないというのは……。

可能性としてはいくつか考えられる。

一つは、ジュが怪我《けが》をしたのでシュビーニュが治しているという可能性。

別の一つは、シュビーニュが損傷したのでジュが直しているという可能性。

もう一つは、ジュが負けたという可能性。

でも……それは考えられないけどね。

とアフレアはその可能性を即座に否定する。

あとは。

もちろんジゥが勝ったのだが、相手に逃げられたという可能性だ。

その場合、ジゥはどう考え、どう行動するだろうか。

例えば……。

ここに留まっていては、いつまた襲撃されるか判らない。

次は相手が一人ではないかもしれない。

それを鬱陶《うっとう》しく思ったジゥはこの場所を離れる決意をした。

シゥビーニュを連れて。

アフレアたち三人を残して。

……って、冗談じゃないわっ。

アフレアには、最後の可能性がいちばん高そうに思えてきた。

捜しに行かなきゃ。

「ユリウス、サァラ！」

決意に満ちた顔を向けると、二人は怯えたように頭を引いた。

「な、なんだい、アフレア」

「あたし、捜しに行く」

「ええ？」

「あ……危ないわ、アフレア」

「だって、この時間になっても二人が戻ってこないなんて、おかしいじゃない」

アフレアは自分の想像をユリウスとサァラに話した。

「あ！　それは確かに」

ユリウスが頷いた。

「お師匠、ああいう手合いを嫌って、こんな森の奥深くに隠棲したみたいなところがあったものな」

「でしょう？」

「やぁだ、お師匠様、置いてかないでぇ」

すでにサァラは泣き顔になっている。

「だから捜しに行くの。今ならまだ間に合うと思う」

「そ、そうだね。あれだけ激しい闘いをしたのだから、すぐには動かないよね。消耗した魔力とか回復するのを待つだろうし」

「そう。お師匠様が魔力を使い果たしてるのなら、シュビーニュが動けなくなってるだろうし。だから早くしないと。回復したら、そのまま森を出ていっちゃうかも」

「判った」

サァラの手を引いたままユリウスが進みでた。

「手分けしたほうがいいかな。もう敵もいないだろうから、僕がサァラを連れていくよ。アフレアは身軽なほうがいいだろ？」

魔術士である三人は、いつも一緒に暮らしているおかげで、少しくらい離れていても互いの存在を察知することができるのだ。

手分けして森に入っても、いざというときにはすぐに合流できる。

「そうね。じゃあ、わたしは闘いの痕《あと》を追いかけるから、二人は念のため、反対側から来て。また後でね」

と返事をするや否や、アフレアは森の中へと駆けだしていた。

12

森の中には大きな戦闘の痕がある。

まるで巨竜が暴れ回ったのかと思うほどの。

至る所で木々が薙《な》ぎ倒され、地面が抉《えぐ》れ、岩が砕けたり溶けたりしている。

これこそがジゥと敵の魔力の大きさを示している。

今のアフレアには絶対に真似のできない、太刀打ちのできない、高位の魔術士同士の恐るべき闘い。

これがジゥの本気の現れ。

やはりジゥにとって、いつもの模擬戦闘など児戯《じぎ》にも等しいことなのだ。

戦闘の痕を追いかけて森の中を駆け巡りながらも、アフレアは悔しくて情けなくて、また泣きそうになった。

やがて、戦闘の痕がふっつりと途絶えた。

え？　どういうこと？　ここで決着がついた……わけではないわよね。

辺りを見回してもそこには誰もいない。

ジゥの気配もない。

ここだけではない。

森の中のどこにもジゥの気配が感じられないのだ。

共に暮らしている三人は、互いの存在を察知できると書いたが、それはジゥについても言えることだ。

アフレアにジゥが見つけられないはずがない。

彼が森の中にいるのなら。

まさか、お師匠様、もう森を出ていってしまった？　それとも……すべての魔力を使い果たしてしまった？

アフレアは不安に囚《とら》われる。

ジゥだけでなく、シゥビーニュの気配も感じられないのが、彼女の不安感を高める。

とにかく、闘いながらここまで来たのは確実なんだから、もう少し詳しく辺りを探ってみよう。

アフレアは先ほどまでよりもずっと慎重に歩を進める。

ジゥやシゥビーニュがどうしたのかを示す手がかりを見逃すまいとして。

そうして周囲を歩き回ったアフレアは、すぐにいくつもの死体を見つけた。

最初はジゥを襲った敵の魔術士の死体かと思ったのだが、複数あることを考えると、どうもそうではなさそうだ。

それに死体は、どれも古かった。

昨日《きのう》、今日《きょう》、死んだとは思えないほど腐敗している。

激しく損壊している。

腐臭が鼻を衝く。

手で口許《くちもと》を押さえ、アフレアは後退《あとずさ》った。

何これ、気持ち悪い。

このときのアフレアは、死人《しびと》を使役する禁呪《きんじゅ》のことなど何も知らないから、いったいここで何があったのかを想像するのは難しかった。

ユリウスに訊いてみようかな。

アフレアはそう思った。

自分よりも魔術に関する知識が豊富な彼なら、何か知っているかもしれない。

ユリウスを呼ぶために、アフレアは閃光弾《せんこうだん》を撃つことにした。

アフレアが空に向かって撃った閃光にユリウスとサァラが気がつけば、彼女の魔力を探知してこの場所も特定できるはずである。

アフレアは精神を集中させ、呪文を唱える。

「光弾《ひかり》の射手！」

放たれた魔術は、白い光球となって輝きながら空へと飛んだ。

これでよし。すぐにユリウスとサァラが……ん？

何かがどこかで反応した。

アフレアの魔術に反応した。

微《かす》かな……ほんの微かな魔力を感じる。

お師匠様!?　いえ、違う……これは……。

アフレアの足が速まった。

微かな気配を追い求めて、アフレアは疾《はし》った。

すぐにアフレアは気配の元を見つけた。

それは。

草葉の陰、巨木の根本に背中を預けるようにして瞑目《めいもく》しているそれは。

「シゥビーニュ！」

13

アフレアは全力で駆け寄った。

先ほど感じた微かな魔力はアフレアの魔術に反応したシゥビーニュのものだったのだ。

しかし、それは残滓《ざんし》と言ってもいいほど弱く頼りないものでしかない。

シゥビーニュの目が僅《わず》かに開かれた。

まだ彼女が完全に壊れているわけではないことを知って、アフレアは安堵の息を吐《は》く。

しかし。

シゥビーニュの眼前に立ったアフレアは、大きく目を見開き、大きく息を呑んだ。

シゥビーニュは戦闘用の衣装――例の黒い革帯――を使い切ってしまったのか、全裸だった。

人形に対して全裸という言い方が適切なのかは判らないが、ともかく何も身に纏っていなかった。

裸のシゥビーニュは手足の半ば――両腕は肘から先を、両足は膝から下を――無くしていた。

「アフレア……」

シゥビーニュの声は、いつものとおり、優しさに満ちていた。

「どっ、いったいどうしたのよ、シゥビーニュ!?」

屈《かが》みこんだアフレアが、シゥビーニュの体にそっと手を置いた。

彼女の体内の魔力は、すでに尽きようとしているのが判った。

「嘘!? そんな……」

シゥビーニュの魔力が尽きるのであれば、ジゥは……彼女の主人であるジゥは、もう魔力の供給ができなくなっていることを意味する。

あるいは魔力の供給ができないくらい遠くまで離れたか。

けれど、ジゥがシゥビーニュを置いて一人で逃げるはずがない。

そんなことはあり得ない。

だとすれば。

「ジゥは!? お師匠様は!?」

応えるシゥビーニュの口調は淡々としていた。

「おそらく死んだものと思われるのです」

「嘘……そんなの……嘘よ……」

それは予想された答えだった。

想像された結末だった。

けれどアフレアは。

その事実を認めたくないアフレアは。

次の瞬間、絶叫を放っていた。

「嘘よっ、そんなの嘘うそっ、あり得ないぃぃぃぃっっ」

「わたしは先に壊されてしまったので最後の戦闘を見ていませんが、こうしてご主人からの魔力供給が止まっている現状を思えば、この推論は正しくあると思われるのです」

「嘘よ、嘘よ、嘘嘘嘘嘘嘘嘘嘘っっ」

シゥビーニュの言葉を聞きたくないとばかりに、アフレアは耳を塞《ふさ》ぎ、叫び続ける。

「アフレア、その態度はよくありません！」

シゥビーニュの叱責《しっせき》の声が直接、アフレアの脳内に響いた。

「あ……」

ようやくアフレアは耳から手を離し、顔を上げた。

そのとき、ユリウスとサァラが木々の間をかき分け、走り寄ってきた。

「どうした、アフレア!?」

「何か見つけたのね、アフレア!?」

振り返ったアフレアは、今にも泣きだしそうなほど顔を歪めていた。

アフレアの背後で足を止めた二人は、ゆるゆると顔を戻したアフレアの視線の先にある物に気づいて言葉を失った。

「ユリウスとサァラも来ましたか。ちょうどよかったであります。わたしの魔力も、もうじき尽きようとしていますから、これから話すことを三人に聞いてもらうのがよいであります」

というシゥビーニュの呼びかけにも、三人は声もなく立ち尽くすだけだった。

「これは、ご主人、ジゥからの遺訓《いくん》だと考えるのがよいであります」

遺訓。

今は亡き者が残す教え。

シゥビーニュの言葉で、ユリウスはジゥが死んだであろうことを知った。

彼の目から涙がこぼれ落ちる。

だが遺訓という言葉の意味が判らない幼いサァラは、不思議そうな顔でシゥビーニュを見つめているだけだ。

シゥビーニュの声が変わった。

いつもの優しい彼女の声ではなく、太く低い声に。

それはまるでジゥ本人の声のようだった。

14

『わたしに万が一のことがあれば、わたしの知り合いの貴族を頼りなさい。おまえたちのことは頼んである。ケイトリォスのアンブロゥゼ家の主人、アプライム・アプロス・アンブロゥゼだ。彼は昔、わたしの弟子だった男なのだよ。わたしの名前を出せば話は通じるようになっているから、シゥビーニュに連れていってもらえばよい……と言いたいところだが、残念ながらシゥビーニュが動けるとも限らない。もしも彼女が動けなくなっている場合は、西の海岸地方《ランダ・ウエステルナ》まで三人で行ってもらわねばならんが、むろん、おまえたちにならら行けるはずだ』

そこまで話したシゥビーニュは、いったん言葉を切って三人の顔を見渡し、今度は元の彼女の声で言った。

「もう余力がほとんどなくなってきたのです。少し先を急ぐのが肝要です」

シゥビーニュは最後の力を振り絞るようにジゥの残した言葉を続ける。

「三人とも」

けれどもその声は、いつものシゥビーニュの声のままだった。

優しく偉大な魔術士、アフレアの育ての親であり師匠であり命の恩人であるジゥの声は二度と聞けなかった。

「どこに行っても仲良くな。魔術士に必要なのは不断の努力と研鑽《けんさん》、そして創意工夫だ。いつも考えなさい。何度でも試しなさい。真っ直ぐ前を向いて歩きなさい。おまえたち三人と暮らした数年は、わたしにとって実に心安らぐ日々だった。若い頃から血に塗《まみ》れた生を送ってきたわたしは、自らの生き方に嫌気が差して職を辞し、隠遁《いんとん》することにしたのだが……最後の最後で人間に戻れた気がする。それもすべておまえたちのおかげだ。感謝している。ありがとう、ユリウス。ありがとう、アフレア。ありがとう、サァラ」

「お師匠様……」

アフレアは滂沱《ぼうだ》の涙を流した。

ユリウスも。

サァラも。

アフレアは泣きながら、ただ泣くことしかできない自分の無力さを呪った。

「もう少し君たちの魔術の稽古の相手をしてやりたかったのだが……しかし、そろそろお別れだ」

唐突に、シゥビーニュの言葉が止んだ。

はっとしてアフレアが顔を上げると、シゥビーニュの目は閉じられていた。

背中だけでなく、頭も木の幹につけ、静かに、静かに、事切れていた。

ただ眠っているだけのような安らかな顔だった。

それも当然、シゥビーニュは死んだわけではないのだから。

だが、このまま魔力の供給を受けられなければ、彼女は二度と目覚めない。

動かない。

それは人間の死にも匹敵する長い永い眠りとなる。

15

「いやぁあぁぁ、シゥビーニュぅぅっ」

アフレアはシゥビーニュに抱きついて泣き喚いた。

「起きてよぉ。目を覚ましてよぉ」

アフレアは激しくシゥビーニュの体を揺さぶったが、そんなことでシゥビーニュが目を開けるはずもない。

人形であるシゥビーニュは死とは無縁だ。

彼女が活動を終えるのは、体が壊れて動けなくなったときか、魔力の供給が止まって動けなくなったときの、いずれかだ。

今のシゥビーニュは手足が壊されてはいるが、そのことは致命的な損傷ではなかった。

それなのに魔力が尽きて動けなくなるのは、主人であるジゥからの魔力が途絶えたということの証左に他《ほか》ならない。

魔力が尽きたのなら、アフレアが叩こうが揺さぶろうが、シゥビーニュが活動を再開させることはない。

魔力の供給が為されない限り、シゥビーニュは二度と動くことがないのだ。

頭では判っていても、アフレアはそのことを認めることができなかった。

認めたくなくて、泣いた。

泣いて。

泣いて。

ひたすら泣いた。

いったいどれほど泣いていただろうか。

泣いても泣いても泣いても、アフレアの涙が尽きることはなかった。

ユリウスも。

サァラも。

ずっと泣いている。

一度にジゥとシゥビーニュ——アフレアたちにとっては父と母であった——を喪《うしな》った三人の衝撃は計り知れないほど大きかった。

やがて泣き疲れた三人は、シュビーニュの動かない体の隣にへたり込んだ。
もう涙は涸《か》れ果てていた。
三人はシュビーニュ同様、木の幹に背中を預けて呆然と空を見上げるばかりだった。
すでに日は西に傾いている。
東の空から徐々に暮れていき、やがて夜の帳《とばり》が空全体を覆おうとしていた。
木々の樹上に丸い銀の双月《そうげつ》が浮かぶのが望めた。
煌々《こうこう》と輝く満月。
しかも、双《ふた》つの満月が同時に！
天啓を得たかのように、アフレアの脳髄に痺《しび》れが走った。
双つの満月が夜空に並んで浮かぶことなど、年に数回あるかどうかだ。
それが今ここに。
満月の光には魔力を増す力があると聞いたことがある。
もちろん、いつでも誰にでもというわけではないだろう。
けど、上手《うま》くすれば……。
アフレアは涙を拭《ぬぐ》って立ちあがる。
ユリウスとサァラは、ぼんやりとアフレアを見ている。
「何を……する気だい、アフレア？」

「シゥビーニュに魔力を入れる」

「そんなことは！」

ユリウスが驚いたのも無理はない。

彼は知っている。

シゥビーニュを動かすためにどれほどの魔力が必要なのかを、漠然とではあるが知っていた。

それは自分たちにはとうてい不可能な、膨大な魔力である。

「む……無理だよ、アフレア」

「無理でもなんでもやる。いい具合に今夜は双つともが満月だし、きっとなんとかなる。うぅん、なんとかする。あたしが。必ず。絶対。シゥビーニュを、もう一度、動かしてみせる」

アフレアの気迫に、気力に、気炎に、ユリウスはたじろいだ。

何も言えなかった。

まぁ……失敗したところで、これ以上、何かが悪くなるわけでもないだろうし。せいぜい魔力を使い果たしたアフレアがぶっ倒れるくらいだろう。それだけならサァラが癒せばいい。

どちらかというと、サァラは回復系の魔術が得意だった。

やらせてやるか。それでアフレアの気が済むのなら。

立ちあがったユリウスは、サァラの手を引いて下がった。

「やってごらんよ、アフレア。君にならできるかもしれない」

ユリウスは自分で言ったその言葉を露《つゆ》ほども信じてはいない。

しかし、動けなくても、もう一度、言葉を発するくらいなら可能になるかもしれない。

僕たち三人の中ではアフレアが一番シュヴィーニュとの親和性が高かったし。成功すればもう一度、シュヴィーニュのさよならを聞いて、僕たちもさよならを言って、ちゃんとしたお別れができるかもしれない。それでいい。それで充分だ。

彼はそう思っていた。

16

それからのアフレアの奮闘ぶりをなんと表現すればいいだろう。

鬼神《きじん》の如くか。それとも女神の如くか。

呪文を唱え、泣き、喚き、怒り、希《こいねが》い、髪を振り乱し、アフレアは必死に魔力を注ぎ込んだ。

「起きて、起きて、起きて！　シュヴィーニュ、起きるのよ！　起きなさいぃぃぃ！」

「な……これは……」

ユリウスは、アフレアの体内で練られている魔力が今まで感じたこともないほどに高まっているのを感じた。

むろんジゥには遠く及ばないが、少なくとも今までのアフレアが紡《つむ》げる魔術の限界を軽く超えているのは間違いない。

これが双つの満月が放つ銀の月光の威力なのだろうか。

それとも、シゥビーニュを想うアフレアの愛の強さが呼んだ奇跡なのだろうか。

詳細は判らない。

真実もまた闇の中だ。

結果としてあるのは、シゥビーニュが蘇《よみがえ》ったという事実だけである。

17

「やァ、アフレア、ご苦労だったナ」

目を開いたシゥビーニュは、まずもって声が違っていた。

口調も違っていた。

いつもの優しい声と口調ではなく、かなり蓮《はす》っ葉《ぱ》でぞんざいな声と口調だったのだが、それを疑問に思うような冷静さは、このときの三人にない。

「やったぁぁ！」

疲労困憊《こんぱい》のはずなのに、アフレアは半ヤルド近くも高く高く跳びあがっていた。

「シゥビーニュ！」

ユリウスとサァラも、互いに抱きあって喜びを爆発させている。

「どっコラショ」

どこかの中年親父のようなかけ声をかけてシゥビーニュが立ちあがり、そして、大きくよろけた。

慌ててアフレアがシゥビーニュを支える。

動けるようになったといっても、シゥビーニュは膝から下を無くしているから、上手く立てないのだ。

普通、シゥビーニュほどの魔術人形になると自己修復機能も備えている。

充分な魔力さえ供給されれば少しくらい破壊されても、破壊された箇所を自分で再生してしまうのだが、さすがに今のアフレアの魔力では完全な自己再生は無理だった。

「仕方ないナ。こっチの体ニ全体を合ワセるカ。それ以前ニ、アフレアの魔力じゃ大キい体を維持するノは無理ダからナ」

シゥビーニュは自己修復機能を働かせた。

それは手足の無くした部分を再生させるのではなく、短くなった手足に体のほうを合わせるという形で行われた。

アフレア、ユリウス、サァラの三人は、目を丸くして変型し修復するシゥビーニュに見入っていた。

やがてシゥビーニュの変体も完了した。

新しい体の背の高さは元の半分程度になったろうか。

胸の膨らみも腰の出っ張りもなくなり、顔つきまで変わっている。

以前のシゥビーニュは優しそうな大人の女性という外観だったが、今のシゥビーニュは不敵な面構《つらがま》えの気の強そうな少女といった趣《おもむき》だった。

少女体型となったシゥビーニュは、小さくなった胸を張って言った。

「コれからラはアフレアが魔力ヲくれナイと、あタいハ立ち往生だゼ？」

「ああ、うん、もちろん、いつだってあげるわよ、シゥビーニュ」

「それにしても、シゥビーニュ、声だけじゃなくて話し方まで変わってるんだね。その体型に合わせてるってこと？」

とユリウスが訊くと。

「それダけジャねェンだよ」

とシゥビーニュは応えた。

「今ノあたいガ動けるノはアフレアに魔力をモラったからラダ。つマりアフレアが、アたいノ新たナご主人になっタッテわけダろ？　人形ってノハだナ、主人の影響ヲ色濃く受けルンだヨ。性格とカ話し方トか、いロいろトナ」

「それってシュビーニュ、要するに、君がそんな蓮っ葉なしゃべり方をするのも、主人であるアフレアに合わせてる……ってことなのかい？」

とユリウスが訊くと、シュビーニュは、ふん、と小さく鼻を鳴らした。

「合ワせてルっていうヨリ、自動的ニそうナッチまうンだナ。あたイが蓮っ葉なシャべり方シてルっテことは、つマり、アフレアが蓮っ葉ってことダ」

ユリウスとサァラは顔を見合わせ、ぷっと小さく吹きだした。

「ああ、いいね。似合っているよ、アフレアには」

「この主人にしてこの人形ありね、アフレア」

「なっっ、なんでそうなるのよっ⁉」

「でモっテ」

とシュビーニュが割り込んだ。

「今ノあたイの胸がつルぺたナノも、ご主人のセイってわケサ」

「はははは」

「うふふふふ」

ユリウスが笑った。

サァラも笑った。

「だからっ、なんでそこで笑うのよっっ！」

アフレアも苦笑いを浮かべる。

ジゥはもういないのかもしれない。

お師匠様が死んだなんて、まだ信じられないけど、一度、シゥビーニュが完全に動きを止めたということは……お師匠様、もういないんだな。たとえ生きていたとしても、自分たちの前に姿を現すことは二度とないんだろうな。

アフレアはそのことを改めて思い知った。

けれど、シゥビーニュは戻ってきてくれた。

元よりずっと小さな体になってしまったが、彼女はまだここにいる。

彼女だけはここにいる。

三人と一緒にここにいる。

今はそれで十分……かな。けれど、いつか。いつの日にか必ず、あたしがあなたの体を元通りに戻してみせるからね、シゥビーニュ。

「サぁ、とりアエず小屋ニ戻って晩飯にシヨうや。腹減ったダロ、三人とモ。安心しナ。料理の腕ハ以前と変わラナい……はずダゼ？」

アフレアも、ユリウスもサァラも、泣き笑いの顔で頷いた。

こうしてアフレアは、念願叶ってシゥビーニュを手に入れたのだった。

思わぬ形で。

望まぬ形で。

このあと西の海岸地方へと旅した三人と一体は、アンブロゥゼ家の世話になることとなった。

だからアフレアも、予期せぬ意外な形で貴族の娘となった事情はデイレィと同じだったのだ。

アフレアがデイレィの過去話になんらかの同情と共感を覚えたのだとすれば、そのことが関係しているのかもしれない。

さて、後にユリウスとサァラと別れたアフレアが、どうしてシゥビーニュと共にアグァローネ地方まで来たのか……は、また別の話となるので、ここでは触れないでおく。

18

本城の城壁の通路で双つの満月を見上げたアフレアは、あの日のことを思いだしながらシゥビーニュに語りかけていたのだが、それもいま終わった。

長い思い出話を終えたアフレアは、しみじみと呟《つぶや》いた。

「大変な一日だったわよねぇ」

「ああ、マったクダ」

「結局、お師匠様と闘った相手の魔術士の正体は判らず終《じま》いだったけど……」

「ジゥとは因縁《いんねん》浅からぬ相手だっテノは知ってイタが、あタイも、どコの誰なノカまデハ知らサれテなかっタシな。マぁ、死人《しびと》を使うよウナ奴ハそう多くはナい。いツカ見つカるサ」

「そうよね」

シゥビーニュは今でもアフレアの隣にいる。

あのときの小さな体のままで。

それは、アフレアがまだ約束を果たしていないという事実の、アフレアが誓いを実現していないという現実の裏返しに他《ほか》ならない。

もう一度、夜空で煌々と輝く双つの満月を見上げた後、アフレアはゆっくりとシゥビーニュに向き直った。

「ねぇ、シゥビーニュ」

「なンだイ、ご主人?」

「約束は守るからね、シゥビーニュ。あんたは、いつか必ず絶対にこのあたしが。偉大なる魔術士ジゥ・ビ・アニエスの愛弟子《まなでし》、アフレア・ファウビィ・セビリィシスが元通りの体を取り戻してあげるから」

「うケケっ。期待しナイで気長ニ待っテるゼ、ご主人」

必ずあたしが戻してあげる　終わり

初めての出遭い
——ヨーコ編

1

これはお兎様《うさぎさま》の乱が終結してから少しあとの話。

鋼鉄《はがね》の白兎《しろうさぎ》騎士団グル・マイヨール要塞本城の休憩室に、遊撃小隊の六人、即《すなわ》ちガブリエラ、レオチェルリ、ジアン、アフレア、ドゥイエンヌ、マルチミリエが顔を揃えていた。

ちょうど午後の休憩時間のことである。

他の遊撃小隊員、セリノス・ノエルノード姉妹とディレィ、ウェルネシアは別の仕事に従事していて、ここにはまだ顔を見せていなかった。

六人は兎耳兜《うさみみかぶと》に白銀《しろがね》の軽装鎧《けいそうよろい》姿で、広げた床几《しょうぎ》に腰を下ろし、車座になって熱心に何事かを話しているところだった。

今日は雨。

鉄格子の嵌《はま》った小さな窓の外に広がるのは、灰色に煙る世界。

石造りの床と壁が剝きだしになった室内にはなんの装飾もなく、これまた灰色の世界だった。

聞こえてくるのは地面や城塞の外壁を叩く雨音《あまおと》だけ。

部屋には六人以外にも休憩している団員が何人かいたが、彼女たちの話し声は篠突《しのつ》く雨の音にかき消されて聞こえない。

雨音だけが響く単色の世界で、まずはジアンが口火を切った。

「ヨーコ様から聞いてきたよ。最初は渋っていて、なかなか話してくれなかったけど、最後にはなんとか聞きだせた」

すると、それに応えるようにドゥイエンヌが身を乗りだした。

「こちらもアルゴラ様から聞きだしましたわね。アルゴラ様は意外とすんなり話してくれましたわよ」

「じゃあ、お互い、聞いた話を披露しようよ。まずこっち……ヨーコ様の話から行くね。じゃあ、ガブリエラ、よろしく」

「え？　わたしが話すんですか？」

「自分、話すの苦手だし」

とジアンがひらひらと手を振ると、すかさずドゥイエンヌが皮肉を言った。

「お猿さんは語彙《ごい》が少なそうですものね」

「ほっとけよっ。っていうか、アフレア、そんなに笑うなよっ！」

ジアンが憤然とした表情でドゥイエンヌとアフレアを睨んでいる。

ガブリエラは苦笑しながら身を乗りだした。

「ええと、では、話しますね。題して『初めての出遭い・ヨーコ様編』です。いちおう、話はヨーコ様視点で進めようと思います」

他の五人から、ぱらぱらと小さな拍手が湧いた。

ただしマルチミリエの拍手は、見るからにおざなりだったが。

2

「わたしが武者《むしゃ》修行の旅に出たのは十四歳のときだった」

わたしがそう言うと、目の前に座っていたジアンが驚きの声を上げた。

「十四歳ですか。その若さで、遠い遠い異郷への旅をよく許されましたね」

「それほど驚くことでもないんだ」

わたしは淡々と言葉を継ぐ。

「わたしの故国では、十三歳を過ぎれば元服《げんぷく》といって一人前の扱いとなるのだよ」

ジアンと一緒に話を聞いていたガブリエラも感心した顔で言った。

「十三歳で一人前ですか。早いのですね」

「故国ではそれが当たり前だったから、特に早いとは感じなかったな。それに、こちらとは年齢の数え方が少し違っているし。こちらでいえば十四歳相当だ」

「それでも早いですよぉ」

　感心した表情のまま、ジアンがそう言った。

「そうだな。故国を出て初めてそれが判った。という風習のことはともかく、元服したわたしは違う世界を見たくなった。わたしの故国は小さな島国で、どこに行っても同じような人が住んでいる。剣技にしてもそう。どの流派であっても基本的な部分での大きな差異はなく極論すれば似たり寄ったりだった。わたしは違う世界に棲む一流の剣士と仕合ってみたいと思った。わたしは十四歳になったときに免許皆伝を授かっていたから、他流仕合がしたくてしかたがなかったんだろうな」

　そこで言葉を切ったわたしは、小さく笑った。

　笑って宙を見上げたわたしの目には、優しく温かい故国の風景が浮かんでいた。

　故国を出てもう五年になる。

　長いようでもあり短いようでもある歳月だ。

　ときどき無性《むしょう》に帰りたくなる。

　箱庭のような風景が広がる極東《きょくとう》の小さな島国へ。

　だけど、わたしは未だにここにいる。

　あの女《ひと》は、

「もう君の好きにしていいんだ。申しでてくれれば、退団の手続きはいつでも取るよ」

と言ってくれたが、なぜか、わたしはまだここにいる。

バスティア大陸のアグァローネ地方に本拠を置く鋼鉄《はがね》の白兎騎士団《しろうさぎ》。

この世界で最強最精鋭を謳《うた》われる女だけの騎士団。

わたしはそこに居続ける。

その理由は……わたしにもよく判らない。

3

わたしは脳裏に浮かぶ風景と心に宿る郷愁を振り払って話を再開した。

「同志の二人と一緒に故国を出たわたしは、まず東の大陸に渡り、そこで武者修行の旅を開始した。半年くらい巡っただろうか。その後、船に乗って南回りで中央の大陸に渡った。そこにも半年ほどいたかな。一緒に来た二人のうちの一人とは、そこで別れた。以後わたしと同志の二人で内陸伝いに西へ西へと向かった。アグァローネ地方までたどり着いたとき、故国を出てから二年が経っていた」

「二年！」

話を聞いているガブリエラとジアンが目を丸くする。

「それほど驚くことでもないだろう」

「いえいえ、驚きますよ」

「そうかな」

わたしは小首を傾《かし》げてから、話を再開させる。

「アグァローネ地方へ来てみれば、当地には鋼鉄《こうてつ》の白兎騎士団《はくときしだん》の武名《ぶめい》が鳴り響いていた。女性だけの騎士団でありながら、そこには無敵最強の剣士や魔術士がいると言われた。わたしはいたく自尊心を刺激されてね」

　わたしはまた薄く笑った。

「何しろ二年の武者修行の旅で負けたことがなかったから」

「それは凄い」

「さすがにヨーコ様ですね」

　などと、二人は唸《うな》るように応えたが。

「まぁ負けなかったというだけだ。勝てなかったこともあるし、立ち会ってくれた達人の中には、相手が年若い女子だということで手加減してくれた人もいただろう。けれど、そのときのわたしは、己の剣こそ、己の居合《いあい》こそ最強と、そう思いあがっていたんだね。だから女だけの騎士団にいる無敵最強の剣士の存在は放っておけなかった。早速、わたしは鋼《はがね》鉄の白兎《しろうさぎ》騎士団の本拠地を訪ねることにした。むろん、最強の剣士と仕合をするためだ」

4

「わたしが一《いち》の砦《とりで》を訪ね、騎士団最強の剣士と仕合がしたいと申し入れたときは笑われたものだ。わたしの出で立ちを見れば異郷の者だということはすぐに判る。鋼鉄《はがね》の白兎《しろ》騎士団《うさぎ》の実力も知らずに、名を上げようとのこのこやって来た田舎者《いなかもの》……程度に思われたんだろう。けれど、最強を出すまでもないと立ち会った団員数人を打ち負かした途端、その場にいた者たちの顔色が変わった。本城へ使者を走らせた彼女たちは、わたしに向かって『もっと強い者がすぐに来る。怖《お》じ気《け》づいて逃げるなよ』と叫んだものだ」

「はは……」

聞いている二人が苦笑している。

「ということは、そこでアルゴラ様が登場されたんですね？」

とジアンが訊いた。

「いや、そうではない」

「え？　違うんですか？」

「出てきたのは別の剣士だった。アルゴラ隊長は当時まだ二回生になったばかりだから、いくら腕が立つとはいえ、団を代表するような場面には出せなかったんだろう」

「へぇ」

「その相手の剣士とは、どなたなのです？」

「今ではもう退団しているから君たちは知らないだろう。ムネシュ様という方だった」

「勝敗は？」

「わたしの二勝一分けだった」

「おお!?」

「三年前とはいえ、ヨーコ様とぎりぎりの勝負をされる方が、アルゴラ様以外にもいらっしゃったんですね」

「確かにぎりぎりの勝負だった。けれど、二勝一分けだからね、わたしの勝ちといってよかった。それで集まっていた幹部たちが騒ぎだしたんだ。どこの馬の骨かも判らない田舎出の小娘に白兎《はくと》騎士団の団員が負けたとあっては捨て置けない、ということだな」

聞いている二人は、また苦笑する。

「そこで二回生ながら既に騎士団最凶《さいきょう》……ああ、いやいや、最強《さいきょう》という噂があったアルゴラ隊長をわたしにぶつけてきたわけだ。もちろん、当時は隊長ではなかったけれど」

「結果は？　結果はどうだったんですか？」

「結果か」

わたしは目を瞑《つむ》り、当時を思い返す。

もう三年も前になるけれど、あのときのことは、はっきりと覚えている。

というより、忘れようとしても忘れられるものではなかった。

あの結末を話すのは忸怩《じくじ》たる思いがあるが、わたしが黙っていても、いずれは知られてしまうだろう。

わたしは一つ小さなため息を吐《つ》いてから、ゆっくりと口を開いた。

「あの仕合の結果は……」

5

「さて、ヨーコ・ジュン・シラサギさん」

とその女は言った。

目つきの鋭い、それでいてどこか人を喰ったような顔つきの女で、眼鏡という物をかけていた。

故国ではあまり見かけない道具だったので、印象に強く残っている。

一見しただけで、かなり腕が立ちそうなのが判った。

最初はその女が対戦相手かと思ったほどだ。

だが、彼女はこう言った。

「わたしは魔術士ですので、あなたの剣のお相手は務まりません。その代わりに我々は最終兵器を出します。彼女が負ければ、あなたが白兎騎士団《しろうさぎ》に勝ったと公言してもかまわないですよ」

わたしは黙って聞いている。

「しかし、我々も団の名誉を懸けるわけですから、あなたにもそれなりの代償を懸けてもらいたいと希望します」

「何を懸ければいいのです？」

とわたしが尋ねると、その女はごく軽い口調で言った。

「そうですね、あなたの命を懸けていただきましょうか」

わたしが鋭い目で睨《ね》めつけると、女は慌てて手を振った。

とてもわざとらしい仕草だった。

「もちろん、あなただけとは言いませんとも。当方が出す対戦者、アルゴラという者ですが、そいつにも命を懸けさせます。つまり、対戦中にどちらかが命を落としたとしても恨みっこなし。そして、仕合の結果、負けたほうは勝ったほうの言うことを一つ聞く。それで如何《いかが》です？」

わたしは不敵な笑みを浮かべて頷いた。

「かまいません。元より、その覚悟がなければ武者修行の旅などできはしません」

「ありがとうございます。では、仕合の結果、怪我《けが》をしても、最悪、命を落としても文句は言わない件、こちらも誓約書を出しますので、あなたも誓約書に署名をお願いできますか？　あとで揉《も》めるのも嫌ですしね」

「いいですとも」

このとき、わたしはこう考えた。

仕合にかこつけて、わたしを葬ってしまおうというつもりか？　わたしを殺してしまえば、先ほどの勝負もなかったことにできると？　随分と舐められたものだな。

わたしは薄い笑いを浮かべ、心の中で牙を研《と》いだ。

切り札という剣士がどれほどの者か知らないが、おまえたちの企み、根底からひっくり返してやろう。アグァローネ地方最強の騎士団という看板は、今日を限りに下ろしてもらおうか。

わたしは少し怒っていたし、少し逸《はや》ってもいた。

同時に、相手が切り札として出してくる剣士との対戦が楽しみでもあった。

それがわたしの若さだったのだろう。

わたしはすでに相手の術中に嵌っていたんだ。

もちろん、ここで言う相手というのはアルゴラのことではない。

その相手は……もう判っているな？

6

内庭《うちにわ》に設《しつら》えられた剣技場……といっても、周囲に縄を張り巡らせただけの適当なものだったが、そこにわたしと対戦相手が対峙《たいじ》していた。

そしてもう一人、審判役の女も。

「さて、ヨーコ・ジュン・シラサギさん、始める前にもう一度確認しておきますが」

と審判役がわたしとアルゴラに呼びかけた。

誓約書を書くようにと迫った、眼鏡をかけたあの女が審判役だった。

「仕合は実戦形式。勝敗は、どちらかが怪我か死亡で戦闘の継続が不可能になった場合、もしくは、どちらかに致命傷となる一撃が入った場合に決したものとし、致命傷か否《いな》かは対戦者及びわたしで判断いたします。こちらが自分たちに有利な判定をしたと思えば、ヨーコさんは遠慮なく異議を唱えてくれてよいですよ」

それは親切なことだ。

「さて、ここまでで何か質問はありますか？」

「致命傷でない怪我……というのは、どういう扱いになるのか？　例えば、どちらかの剣が相手の腕や足を斬ったと判定された場合。それとも本当に怪我をしなければ、お構いなしなのだろうか？」

「手や足に斬撃《ざんげき》を入れられた場合、実際に怪我をしなくても、その部位は使えなくなる……というやり方では如何ですか？　つまり、右手に一撃を決められたら、以降、右手では剣を持てないということです。出血や痛みに関しては無視するしかありませんが」

なるほど、かなり実戦に近い仕合形式だ。

それはわたしの望むところでもある。

「了解した」

ところで、相手は上半身を覆う軽装鎧と兎耳兜《うさみみかぶと》を着けている。

それに比して、わたしは道着と袴《はかま》姿だった。

わたしの恰好に目をやった審判役が最後の確認を求めた。

「ヨーコさん、本当に鎧でなくていいのですね？」

最初に鎧を着けるように勧められたが、動きが鈍《にぶ》るので、わたしは断っていた。

ここで訊かれても答えは同じだ。

あんな動き難《にく》い物を着けて闘う気はない。

一対一の闘いなら、わたしが相手に一撃を入れられる虞《おそれ》などないのだから、あんな重い物を着ける必要などない。

それよりも動き易《やす》さこそが命綱だ。

「必要ありません」

「死ぬぞ？」

対戦相手は無表情のまま、そう言った。

彼女の表情からも態度からも、気負いや力みは感じられない。

その一事を以《もっ》てしても、相手の力量が窺《うかが》える。

わたしは気を引き締め、しかし、こう返してやった。

「大きなお世話だ」

「では、死ね」

……癇《かん》に障《さわ》る女だ。

「殺せるものなら殺してみろ」

「わたしの剣の刃《は》が潰してあるからといって安心するな。わたしの剣の一撃を喰らえば、おまえのそんな薄っぺらい衣装など、屁《へ》のつっぱりにもならんぞ？　悪いことは言わないから鎧を着けたほうがいい」

「あなたこそ、鎧を着けているからと安心しないほうがいい。その程度の鎧、わたしの刀の前では紙切れ同然だ」

わたしと相手は審判役を間に挟んで睨み合った。

「はっはっはっ。若い者は元気があっていいなぁ」

審判役は、二人の睨み合いなど気にもせず、楽しそうに笑っていて……癪《しゃく》に障る。

というか、こいつはこいつで一筋縄ではいかない曲者《くせもの》のようだ。

だが、とりあえず今は関係ない。

わたしの対戦相手は、あのアルゴラという剣士だ。

そのときのわたしは相手だけを見ていた。

アルゴラだけに集中していた。

それがわたしの甘さだと言われれば……否定はできないな。

「とはいえ、いつまでも睨めっこしていてもな。そろそろ始めてくれないか」

7

アルゴラは抜き身の剣を右手に提《さ》げている。

他《た》の騎士団員たちが使っている剣よりは随分と細身の剣だった。

彼女が言ったように、刃は潰してあるから斬ることはできない。

だが、細身とはいえ、あれをまともに喰らったら道着と袴のわたしは骨折は免れないだろう。

戦闘不能になることは確実だ。

頭にでも喰らえば死ぬかもしれない。

とはいえ、事情は相手も同じこと。

鎧で上半身を覆い、頭に軽兜を被っているとはいえ、隙間はいくらでもある。

あるいは覆われていない部分を攻撃してもいい。

手足を一本ずつ切り落としてやれば――といっても本当に切り落とせるわけではないけれど――嫌でも戦闘不能を認めざるを得ないだろう。

わたしは左手で鞘《さや》を握り、左の親指を鍔《つば》に置き、ゆっくりと右手で柄《つか》を握った。

「それだ。面白いな、その技」

と対戦相手が言った。

彼女は、先ほどわたしとムネシュの対戦を見ていたから、わたしの技、居合をその目で確認している。

一方、わたしは相手の技を、剣筋を知らない。

通常、これは不利な材料となるが、こと、わたしに限ってはそうでもない。

何故なら、相手が剣を振るう以前に勝敗はついているからだ。

相手が抜く前に、もう相手は斬られている。

それがわたしの技だ。

剣と刀で何度も何度も斬り結ぶような闘いにはならない。

勝負は一瞬。

わたしは、わたしの剣技に絶大な自信を持っていた。

「あの技を、居合、と呼ぶ」

「イアイか。初見《しょけん》の者を驚かす手品代わりにはなる」

……つくづく癇に障る女だ。

「わたしがおまえの技を見ていて、おまえがわたしの剣技を見ていないというのも不公平だな。闘う前に、わたしの太刀筋を見せてやろうか？」

わたしは即座に断った。

「必要ない。それに、わたしの技は一度見た程度で破れるような底の浅いものではない。わたしは見る必要を認めないが、あなたが見たいというのなら、もう一度、居合を見せてもいいのだぞ」

「必要ない。あのような軽業《かるわざ》は一度見れば充分だ」

……最低の女だ。

多少手加減をしてやろうと思っていたが、わたしは考えを変えた。

本気の全力で行く。

結果、相手が怪我をしようと最悪、死のうと、知ったことか。

わたしは闘氣《とうき》を湛《たた》えて相手と向き合った。

今にして思えば判る。

やはり、あのときのわたしは冷静さを欠いていた。

それはアルゴラの術中に嵌ったというより、その背後にいるあの女の思惑に乗せられていることを無意識のうちに感じ取っていたからかもしれない。

相手の闘氣が膨れあがったのが手に取るように感じられた。

審判役の女が後退《あとずさ》り、高々と右手を挙げる。

「よろしいですか。では」

審判の右手が振り下ろされた。

「始めっっ！」

8

相手は動かなかった。

それはそうだ。

わたしの居合を見ていれば、迂闊《うかつ》に踏み込んでは来られまい。

そちらが来なければ、こちらから行くまで。

わたしは右手で軽く柄を握ったまま、左手で鞘を摑んだまま、左の親指でいつでも鯉《こい》口《ぐち》を切れるように構えたまま、一歩、二歩と踏みだした。

足裏を地面から離すことなく、滑るように相手に近づく。

わたしの剣術は、こちらの人たちのように走ることはない。

むろん、走ることはある。

走るけれど、跳ぶようには走らないというべきか。

摺《す》り足で。

滑るように。

わたしは標的に向かって近づいていく。

わたしの接近に対し、相手は右手で提げていた剣を持ちあげ、両手で柄を握り、切っ先をこちらに向けて身構える。

そんなことでは、わたしの一撃を受けることはできないよ。

わたしは内心で相手を笑った。

居合を見た者は、その初撃を受け止めさえすればなんとかなると考え、よくそうした構えを取るのだが、あまり意味はない。

居合における抜刀《ばっとう》の真価は、その速さにだけあるのではない。

速く、自由であることに真価があるのだ。

自由とは。

抜く角度、即ちそれは相手に斬りつける角度でもあるのだが、それが自由自在なのだ。

抜刀時に鞘の角度を調節することで、水平に薙《な》ぐことも斜めに抜きつけることも、真《ま》っ向《こう》から振り下ろすことも逆袈裟《さかげさ》に斬りあげることも自由自在。

それはつまり、相手のどこに斬りつけるかも自在であるということに他《ほか》ならない。

しかも、相手の応対を見た上で変えられるのだ。

相手にしてみれば、神速にして変幻自在の攻撃を受けることになる。

これを受けられる者などいない。

少なくとも今まではいなかった。

わたしと相手の距離が縮まっていく。

五ヤルド、四ヤルド、三ヤルド。

そこまで迫って、わたしはゆっくりと鯉口を切った。

だが、まだだ。

まだ抜かない。

相手の剣が先に動いた。

突いてくる。

わたしはそう判断して。

左手で鞘を引くと同時に。

右手で刀を抜いた。

左手のこの鞘引《さやび》きこそが居合の命。

鞘を引くからこそ、右手を動かさなくても刀身を抜くことができる。

右手で抜いていないのに、刀身は鞘から抜けでている。

「抜く手を見せない」とは、つまりそういうことだ。

突こうとして繰りだされる相手の右腕が餌食《えじき》となる。

わたしは腰を沈め加減に抜刀した勢いのまま、斜め下から相手の右手に向かって刀を叩きつけた。

わたしの刀はむろん仕合用で、刃は潰してある。

だが、斬れなくても、渾身《こんしん》の一撃をまともに体に受ければ、骨折と内臓破壊で致命傷となる。

頭に受ければ頭蓋骨陥没骨折と脳の損傷で即死だ。

居合の一撃はそれほど危険なものなのだ。

金属製の腕覆いくらいでは衝撃を吸収できはしない。

わたしは充分な手応えを感じ取っていた。

これは骨がいっただろう。

たとえ骨折を免れていても、直撃を受けた右腕は痺《しび》れて、しばらくは使い物にならないはず。

剣を持つことすらままならない……って、持っているっっ!?

いつの間にか、相手は剣を左手に持ち替えていた。

馬鹿な!?　では、どうして右腕を伸ばして……。

それが囮《おとり》だったと気づいたときには、もう遅かった。

相手の左手の剣が、わたしの左胸目がけて伸ばされていた。

油断だった。

最初の一撃で勝負があったと思い込んだわたしは、相手からの反撃に対する備えを取っていなかった。

相手が、にやりと笑ったのが見えた。

「ほら、死んだ」

相手の剣の切っ先がわたしの左乳房の真ん中を刺し貫き、心臓に達した。

「ぐぅあっ」

もちろん、刃は潰してあるから実際に刺されたわけではないのだが、少なくともわたしは心臓まで刺し貫かれたような衝撃と屈辱を感じた。

まさか相手が、右腕を捨ててわたしの斬撃を受け止めようとするなど想像もしていなかった。

相手の戦法は、まさに肉を切らせて骨を断つ……というか、骨を断たせて心臓を刺す、だった。

審判役の女が、さっと右手を挙げた。

「アルゴラは右手喪失。ヨーコ殿は心臓を刺された。よって、この勝負、アルゴラの勝ちと見たが、如何？」

わたしは何も言えなかった。

無言で唇を噛んだ。

「おい、どうした？ 極東の島国の田舎者は『負けました』の一言も言えないのか？」

こ……この女は……最低の……あっ。

相手は、わたしの左胸に当てた切っ先を回すようにしてわたしの乳房を押した。

「ちょ……何を……する……うっ」

「負けた人間は、文句を言う前に何か言うことがあるのではないかな、うん？」

相手は、左手で切っ先をぐりぐりと回しながら、さらに強くわたしの左乳房を押す。

「あ……ちょっと……駄目だって……」

「聞こえんな？『負けました』以外はわたしの耳には入らんぞ」

相手は、今度は切っ先を押したり引いたり突っついたりし始めた。

「あ……ああ……止《や》め……あっ」

「ほっほぉ、意外と可愛い声で鳴くんだな。その可愛い声で、ぜひ『わたしアルゴラ様に負けちゃいました、ごめんなさい。地上最強の鋼鉄《はがね》の白兎《しろうさぎ》騎士団に挑戦するなんて身のほど知らずの愚か者でした。もうしません、お許しください』と鳴いてくれないか」

最低だ最低だ最低だ、この女、史上最低最悪の性悪女《しょうわるおんな》だ。

わたしは恥辱と屈辱に塗《まみ》れ、身悶えを続けた。

「はいはい、アルゴラ、もうその辺で」

審判役の女が止めてくれなかったら、わたしはずっと相手に弄《もてあそ》ばれ、陵辱され、最後には地に伏して許しを請うていたかもしれない。

だから、そのときは割って入ってくれた審判役に内心で大いに感謝した。

もっとも、感謝など欠片《かけら》も微塵《みじん》もする必要がなかったのを後ほど思い知らされるわけだけど、それはあとのこと。

「それよりアルゴラ、おまえ、右腕は平気なのか？」

「ぜんぜん平気じゃありませんよ」

相手は、ようやくわたしの左胸から切っ先を離して応えた。

「たぶん、折れてます」

「折れてるのかっ⁉」

「ええ」

そう言えば、相手の顔色が先ほどよりも悪い。

いくぶん青ざめている。

「痺れるような鈍痛がありますし、腕全体が灼《や》けるように熱いですし」

「おい、治療班！」

審判役に呼ばれて、白衣を着て兎耳《うさみみ》帽子を被った数名の女たちが飛びだしてきた。

「あ〰〰、これは」

相手の腕を診《み》ていた一人が感心した声を上げ、笑いながらアルゴラの腕をぺしぺしと叩いた。

「うははははは。やっぱ折れてますね、これ！　これ！　これ！　きゃは〰〰」

「痛い痛い痛い。嬉しそうに叩くなっ！」

「しっかし凄いなぁ。腕覆いの上から叩いて折るかね、普通。そっちの異国のお嬢さん、とんでもない人だね」

しかし、それでもわたしは負けたのだ。

アルゴラという、その女に負けたのだ。

「おまえ……アルゴラさん、最初から右腕を捨てるつもりだったのか？」

わたしが震える声で訊くと、相手は平然と応えた。

「右腕一本で済むなら安いものだろう？　というより、それ以外におまえの一撃を受ける方法を思いつかなくてな」

仮に真剣の勝負であっても、彼女は平然とその戦法を採《と》っただろう。

そして右腕を切断され、代わりにわたしの心臓を刺し貫いたに違いない。

こいつは……最低なだけでなく最凶で、おまけに最強な女だ。

わたしはつくづくそう思い知らされた。

9

「なるほど。それじゃあ、その仕合がきっかけでヨーコ様は白兎《しろうさぎ》騎士団に入団されたんですね？」

「アルゴラ様から一本、取り返すために？」

話を聞いていたジアンとガブリエラがそう訊いた。

わたしは激しく首を左右に振り、

「とんでもない」

と吐き捨てるように応えた。

「あんな出鱈目《でたらめ》で危ない女がいる騎士団に入ろうなどと思うわけがない」

「え？」

「わたしは負けを認め、早々に立ち去るつもりだった」

二人は目を見開いてわたしを見ているが。

「ええ？」

「えええ？」

「もちろん、負けたままというのは悔しいから、どこかで修行をやり直して、アルゴラに再挑戦するのはありだとは思った。だが、そのときは、一刻も早くこの不愉快な場所から立ち去りたかったのだ。入団など、とんでもない」

「それなのにどうして騎士団に留《とど》まったのですか？　留まったというか、今では立派な幹部ではありませんか」

ガブリエラが不思議そうな顔で尋ねる。

彼女が不思議に思うのも無理はない。

わたし自身ですら不思議に思っているのだから。

「わたしはまんまと騙《だま》されたのだ。もっとも……」

わたしはゆるゆると宙を見上げ、長いため息を吐《は》いた。

「試合に負けたのも騙されたのも、わたしが未熟だったせいなのだがな」

「えっと……どういうことですか？」

「それは、こういうことさ」

10

「このあとヨーコ様は、鋼鉄《はがね》の白兎《しろうさぎ》騎士団に入団せざるを得なくなった顚末《てんまつ》をわたしとジアンに話してくださったのですが、順番的に、それはアルゴラ様のほうのお話が済んだあとですね」

とガブリエラが言うと、ドゥイエンヌが大きく頷いた。

「では、『初めての出遭い・アルゴラ様編』を語りますわね」

初めての出遭い　――アルゴラ編　へ続く

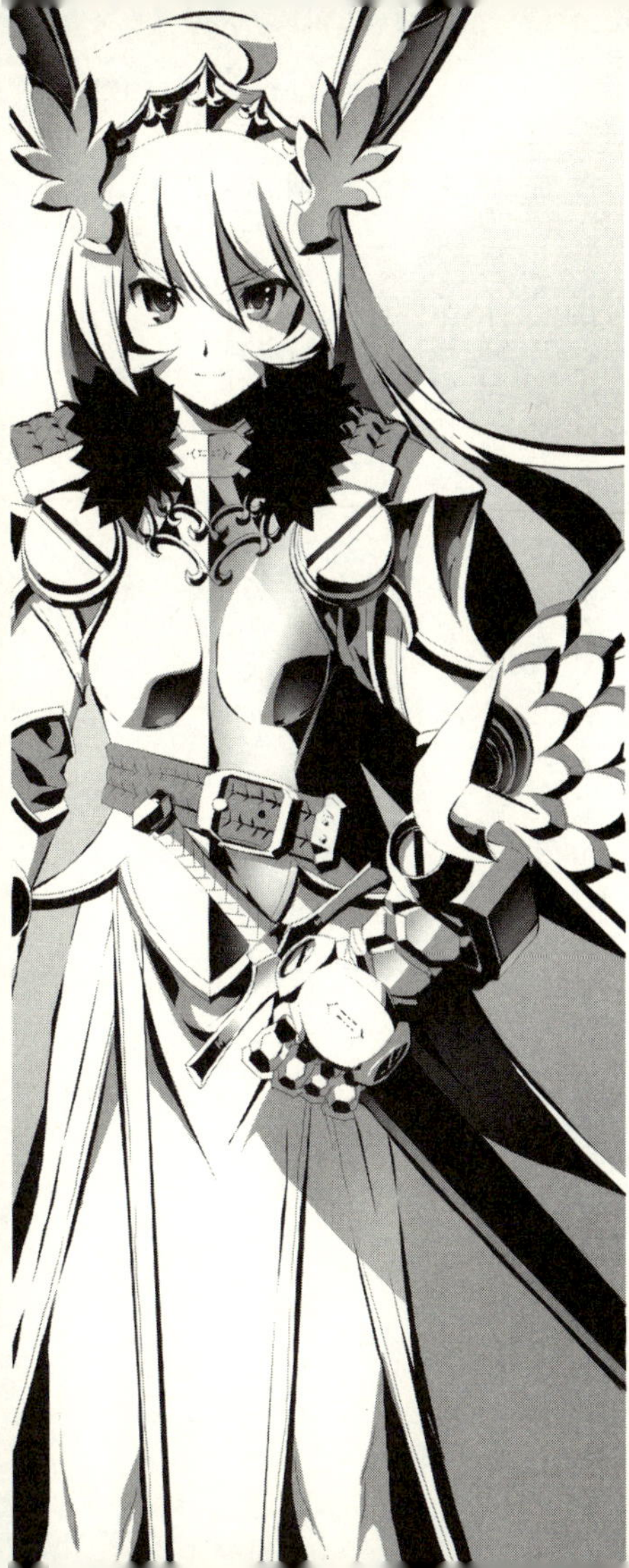

初めての出遭い

——アルゴラ編

1

これはお兎様《うさぎさま》の乱が終結してから少しあとの話。

鋼鉄《はがね》の白兎《しろうさぎ》騎士団グル・マイヨール要塞本城の休憩室に、遊撃小隊の六人、即《すなわ》ちガブリエラ、レオチェルリ、ジアン、アフレア、ドゥイエンヌ、マルチミリエが顔を揃えていた。

ちょうど午後の休憩時間のことである。

他の遊撃小隊員、セリノス・ノエルノード姉妹とデイレィ、ウェルネシアは別の仕事に従事していて、ここにはまだ顔を見せていなかった。

六人は兎耳兜《うさみみかぶと》に白銀《しろがね》の軽装鎧《けいそうよろい》姿で、広げた床几《しょうぎ》に腰を下ろし、車座になって熱心に何事かを話しているところだった。

今日は雨。

鉄格子の嵌《はま》った小さな窓の外に広がるのは、灰色に煙る世界。

石造りの床と壁が剝きだしになった室内にはなんの装飾もなく、これまた灰色の世界だった。

聞こえてくるのは地面や城塞の外壁を叩く雨音《あまおと》だけ。

部屋には六人以外にも休憩している団員が何人かいたが、彼女たちの話し声は篠突《しのつ》く雨の音にかき消されて聞こえない。

ガブリエラとジアンの話が終わると、ドゥイエンヌは雨音に負けないような大きな声を張りあげた。

「ではヨーコ様編に続いて、今度は『初めての出遭い・アルゴラ様編』を行きますわよ。やはりアルゴラ様の視点で語ってみますので、そのつもりで聞いてくださいな」

マルチミリエが左右の大きな掌を激しく叩き、乾いた拍手の音が静かな休憩室内に響いた。

ドゥイエンヌは、そんなマルチミリエを抑えるように軽く右手を挙げると、おもむろに話しだすのだった。

2

わたしを呼びに来たのはクシューシカ隊長だった。

ちょうどあの人が中隊長を拝命したばかりの頃だったかな。

わたしはクシューシカ隊長の中隊に所属していたんだ。

「アルゴラ」

廊下で呼び止められ、わたしは足を止めた。

振り返ると、白銀の鎧に身を包んだクシューシカ隊長が、悠然とした足取りで近づいてくる。

相変わらず見事な「男前」だ。

いつ見ても惚《ほ》れ惚《ぼ》れとする。

などということは、口が裂けても本人の前では言えないのだが。

「どうしました、クシューシカ様？」

「おかしな女が来てる」

「おかしな女？」

クシューシカ隊長の言う「おかしな女」とは、むろんヨーコのことだが、この時点のわたしにそんなことが判るはずもない。

「見たことのない恰好《かっこう》をした、見たことのない剣術を使う異国の女だ。仕合を申し込まれたので何人かの団員が応じたのだが、みな、あっという間に倒されてしまった」

「それは、それは。で、わたしを呼ぶということは、わたしに相手をしろと？」

「いや、ムネシュ様が出られる」

「ムネシュ様が相手をするのなら、わたしの出番はないと思いますが」

ムネシュ様とわたしの剣の腕は、ほぼ互角。

仕合形式が実戦に近づけばわたしのほうが有利になるが、通常の剣の稽古《けいこ》では、わたしでも二本に一本は取られる。

「わたしもそう思うが……いざというときに備えて、おまえには二人の仕合を見ておいてもらいたい」

「あなたがそうおっしゃるということは、何かしら懸念があるのですね？」

「応対に出た団員との仕合を見たが、その異国の女、どうもよく判らない技を使うのだ。剣であの技の相手をするのはかなり大変だと見た。そうかといって、わたしが槍を持って出るのもな。『正々堂々の仕合を』と申し込まれた以上、こちらも剣で相手をしたい、というのが、レフレンシア様のお考えだ」

レフレンシア様は、マリエミュール様と共に、当時すでに副団長だったのだ。

正式にはマリエミュール様が副団長で、レフレンシア様が副団長補だったのだが……わたしは、どうもあの人のことが好きではなかった。

いや、好きではないというより、苦手といったほうが正解かな。

「あの方の口から『正々堂々』という言葉が出てくるとは思いませんでした」

「おまえ……」

呆れた顔になったクシューシカ隊長が声を落として、囁《ささや》くように言った。

「そんな正直なことは口にしないほうがいいぞ」

「わたしが、どうかしたって？」

背後でレフレンシア様の声がして、クシューシカ隊長が跳びあがった。

もう一度わたしが振り返ると、笑っている猫のような表情をしたレフレンシア様が、いつの間にか背後に立っていた。

笑顔だけでなく、足音ひとつ立てずに近寄ってくるところなども猫のような人だ。

相変わらず油断も隙もない。

「これはレフレンシア様」

クシューシカ隊長は背筋を伸ばして、白兎《はくと》式敬礼を送った。

「いかがなされました？」

「ムネシュを呼びに来たついでだよ。しかし、クシューシカ、相も変わらずいい男だね。惚れてしまいそうだ」

この女《ひと》は、口が裂けようが体が裂けようが五体ばらばらになろうが、平気でこういうことを言うから困ったものだ。

いやまぁ、クシューシカ隊長が「いい男」という意見そのものにはわたしも賛成なのだが。

クシューシカ隊長が顔を歪めて泣き笑いのような表情になる。

「お褒めいただき光栄ではありますが、しかし、わたしは男ではありません」

「もちろん知ってるよ、クシューシカ。君のように立派で美しい胸を持つ者が男であるはずがない。一緒に風呂に入る度《たび》に、君の胸を触りたくなって困るんだ」

そこも、まぁ、わたしと同意見だな。

「そ、それは光栄でありますが、しかし……」

クシューシカ隊長、かなり腰が引け気味だ。

「今度、触ってもいいかい？」

「え？　いえ、それは、その、ちょっと……あの……」

「君も触りたいよな、アルゴラ？」

いきなりこっちに話を振るか!?

と思いつつも、わたしは頷いて肯定の意を表した。

クシューシカ隊長の胸を触るのは楽しそうだと思うから。

いや、触るよりも、むしろ。

「むしろ揉《も》みたいかと」

「おお！　それだ！　今度二人でクシューシカの胸を揉んでみようじゃないか。きっと気持ちいいぞ。揉むほうも揉まれるほうも。なあ、アルゴラ？」

「異存はありません。というより、胸を揉むだけでは済ませませんよ」

引き攣《つ》ったような顔でクシューシカ隊長がじりじりと後退《あとずさ》り、わたしとレフレンシア様から距離を取ろうとしている。

「はっはっはっ、冗談だよ、クシューシカ」

そのときのレフレンシア様、あまり冗談を言っているような顔には見えなかった。

わたしか？　わたしは本気だったから、本気の顔をしていてもいいんだ。

「それよりも、ヨーコさんをあまり待たせると怒りだすかもしれない。ムネシュはもう一《いち》の砦《とりで》へ向かった。君たちも早く来てくれ」

とレフレンシア様が話題を戻した。

わたしは聞き覚えのない名前に首を傾《かし》げる。

「ヨーコとは？」

「だから、白兎《しろうさぎ》騎士団に挑戦状を叩きつけてきた女、東方から武者《むしゃ》修行に来た剣士だよ。ヨーコ・ジュン・シラサギと名乗った」

「変な名前ですね」

「名前もだけれど」

そこでレフレンシア様の表情が、眼差《まなざ》しが、めったに見せない真剣なものに変わった。

「見たことのないおかしな技を使うぞ。扱う剣も、我々の知っている物とは違う形だな。彼女自身は、それを剣ではなく『カタナ』と呼んでいたが」

「カタナ、ですか」

耳にしたことはある。極東《きょくとう》に棲むというサムライが使う武器らしい。

「つまり、ヨーコとやらはサムライなのですか」

「そのようだね。いいよな、サムライ。白兎騎士団《しろうさぎ》にも一人、欲しいな」

レフレンシア様は、そんなことを呟《つぶや》いていたが、すぐに顔を上げた。

「いや、それはあとの話だ。とにかく急ごう」

わたしはレフレンシア様とクシューシカ隊長に連れられて、仕合が行われる一の砦の内庭《うちにわ》まで下りていった。

3

ムネシュ様とヨーコの三番勝負は意外なことに相手の二勝一分けに終わった。

その仕合を見学したわたしは、遙か異国から来た剣士が恐るべき腕を持っていることを悟った。

ムネシュ様でも勝てないとなると、あとはヴィネダ様かクシューシカ様か、このわたしということになるのだが、クシューシカ様の場合、得物《えもの》は槍なので、こういうときは勝負を受けにくい。

剣での勝負を所望されているのだ、槍を持ちだせば、勝っても負けても相手から何か言われるかもしれない。

ヴィネダ様なら問題はなさそうだが、大幹部を出して、万が一にも負けたりすれば、それこそ白兎騎士団《しろうさぎきしだん》が侮《あなど》られる。

これまでに築いてきた武名が地に落ちる。

これが、小隊長を拝命したばかりのわたしなら、たとえ負けても騎士団の名前に傷がつくことは……少しはあるが、ヴィネダ様が負けるよりはマシだろう。

ということで、とうとうわたしにお鉢《はち》が回ってきたわけだ。

「頼んだよ、アルゴラ」

「ええ、頼まれました。しかし、レフレンシア様」

「何かな？」

「あの女、尋常な腕ではありません。わたしでも勝てないかもしれませんよ」

「おいおいアルゴラ、白兎騎士団《しろうさぎきしだん》最凶《さいきょう》最悪の剣士が、そんな情けないことを言わないで欲しいものだな」

「いま……最凶最悪って言いました？」

「え？　そんなこと言うわけないだろ？　最強《さいきょう》だよ、最強。最強にして最愛。君は腕はとびきりなのに、耳は悪いんだな」

……この人はもう。っていうか、最強最愛ってなんだ!?　まったく意味が判らない。

「仕合の前に少し細工《さいく》をしておいたから、是非とも勝ってくれ」

「細工とは？　正々堂々の勝負ではなかったのですか？」

「仕合は、むろん正々堂々だよ。わたしがした細工は、仕合以外のところさ」

「仕合以外とは？」

「そうだね。相手に誓約書を書いてもらったとか。その誓約書には、相手に気づかれないような一文が片隅にこっそり書かれているとか」

相変わらず姑息《こそく》なことが得意な人だ。

悪巧みにおいては、この人の右に出る者はいない。

もっとも、それから三年後に我が白兎《しろうさぎ》騎士団は、レフレンシア様を凌《しの》ぐほど悪巧みが得意で、腹から心臓から脳味噌まで真っ黒な奴を迎えることになったわけだが。

4

「というアルゴラ様のご意見に、わたくし、感服《かんぷく》いたしました」

「ドゥイエンヌさん、酷《ひど》……」

「小隊長の仰《おお》せのとおりだよね？」

「ジアン、酷……」

「アルゴラ様に一票よね」

「アフレア、酷……」

「あ、少し待ってくださる、アフレア？」

「え？　何か不満が？」

「そうではなく。ひ～ふ～み～よ～いつ……そしてセリノス・ノエルノードとデイレィ、ウェルネシアの分は不在者投票として、アルゴラ様に九票！　ですわね」

「ドゥイエンヌさん、最っ低〰〰！」

「あ、あの、ドゥイエンヌ様、わたしは棄権の方向で……」

「え？　反対票を投じてくれるのではないの、レオチェルリ!?」

とガブリエラに突っ込まれたレオチェルリが、わたわたと両手を振り回した。

「あああ、あれ？　あ！　そうでしたそうでした、反対です、反対！」

「もう遅いですわね、レオッチェ。あなたの貴重な棄権票のおかげで反対票は零。それは即ち、アルゴラ様のご意見が『そのとおり』と認められたことに他《ほか》なりませんわね」

「えええぇぇ〰〰？」

「だいたいレオチェルリが反対票投じたって大勢に影響なんかないんだからさ。団員の九割九分九厘まで賛成票を投じるんだもん」

「アフレアったら、最低で最悪〰〰」

「では、ガブリエラがレフレンシア様以上に悪巧みが得意で、腹から心臓から脳味噌まで真っ黒という結論が出たところで、話を再開いたしますわよ」

「どこからそういう結論が出たのか、さっぱり判らないのですけれどっっ！」

5

「まぁ、細工とか仕掛けとか、その手のことはレフレンシア様にお任せしますが。こちらは、やるだけのことはやってみますよ」

そう応えて、わたしはヨーコとの仕合に臨《のぞ》むべく、仕合場に立った。

内庭に設《しつら》えられた仕合場……といっても、周囲に縄を張り巡らせただけの適当なものだったが、そこにわたしと対戦相手が対峙《たいじ》していた。

審判役を務めるレフレンシア様が、二人の中間に立ってヨーコに呼びかけた。

「さて、ヨーコ・ジュン・シラサギさん、始める前にもう一度確認しておきますが」

ヨーコは黙って聞いている。

表情からはいたって冷静に見えるヨーコだが、しかし、彼女は少しだけ逸《はや》っているようにも思えた。

もしそうであるなら何か有効な手を打てるかもしれない。

わたしは忙《せわ》しなく頭脳を回転させ、相手の剣術に対する対応策を考える。

その間にもレフレンシア様の呼びかけが続いた。

「仕合は実戦形式。勝敗は、どちらかが怪我《けが》か死亡で戦闘の継続が不可能になった場合、もしくは、どちらかに致命傷となる一撃が入った場合に決したものとし、致命傷か否《いな》かは対戦者及びわたしで判断します。こちらが自分たちに有利な判定をしたと思えば、ヨーコさんは遠慮なく異議を唱えてくれてよいですよ。さて、ここまでで何か質問はありますか？」

ヨーコがおもむろに口を開いた。

「致命傷でない怪我……というのは、どういう扱いになるのか？　例えば、どちらかの剣が相手の腕や足を斬ったと判定された場合。それとも本当に怪我をしなければ、お構いなしなのだろうか？」

その質問にレフレンシア様が答える。

「手や足に斬撃《ざんげき》を入れられた場合、実際に怪我をしなくても、その部位は使えなくなる……というやり方では如何《いかが》ですか？　つまり、右手に一撃を決められたら、以降、右手では剣を持てないということです。出血や痛みに関しては無視するしかありませんが」

「了解した」

ところで、わたしは上半身を覆う軽装鎧と兎耳兜《うさみみかぶと》を着けている。

それに比してヨーコはゆったりとした布製の筒袴《つつばかま》と前開きの上着を身に着けているだけだ。

どう考えても仕合のときに不利だと思うのだが。

レフレンシア様もそこを心配したらしく、ヨーコに念押しした。

「ヨーコさん、本当に鎧でなくていいのですね？」

ヨーコは見下し顔で即答した。

「必要ありません」

気に食わない奴だな。

自分の腕によほどの自信があるのだろうが、その態度や物言いはどうにも鼻につく。

心配されたレフレンシア様がわざわざ声をかけてやったというのに。

わたしからも一言、忠告しておいてやろう。

「死ぬぞ？」

「大きなお世話だ」

偉そうに。

どうも極東の山猿は礼儀を知らんようだが、わたしは違う。

相手に対する礼儀や敬意を弁《わきま》えている。

わたしは丁寧に言葉を返してやった。

「では、死ね」

「殺せるものなら殺してみろ」

まったくもって、どうしようもない奴だな。

そんな安い挑発に乗るわたしと思ったか。

というか、思いあがるのもいい加減にしておけ。

人の厚意は素直に受けておくものだ。

わたしはもう一度、優しく、かつ誠意を込めて話しかけてやった。

「わたしの剣の刃《は》が潰してあるからといって安心するな。わたしの剣の一撃を喰らえば、おまえのそんな薄っぺらい衣装など、屁《へ》のつっぱりにもならんぞ？　悪いことは言わないから鎧を着けたほうがいい」

「あなたこそ、鎧を着けているからと安心しないほうがいい。その程度の鎧、わたしの刀の前では紙切れ同然だ」

駄目だな、こいつは。

どういう理由か知らないが何かに腹を立てているらしい。

親切心から忠告してやったのに、聞く耳を持っていないようだ。

怒りっぽい女は扱いに困る。

ヨーコがわたしを睨みつけてきたので、仕方なくわたしも睨み返す。

こういうときは目を逸らせたほうが負けなのだ。

抜き身の剣を右手に提《さ》げた体勢でヨーコと睨み合ったまま、わたしはなおも考えた。

ヨーコのあの技にどう対応するかを。

わたしの剣は普通より細身だが、鎧を着ていない相手には、突いても斬っても簡単に致命的な一撃を与えることができる。

当たりさえすれば、だが。

そう、こちらの剣を当てることができるかどうか。

そこが大きな問題だ。

突然、レフレンシア様が笑いだした。

「はっはっはっ。若い者は元気があっていいなぁ」

相変わらず緊張感のない人だ。

「とはいえ、いつまでも睨めっこしていてもな。そろそろ始めてくれないか」

6

ヨーコは左手で鞘《さや》を軽く握り、親指を鍔《つば》にかけ、ゆっくりと柄《つか》に右手を置いた。

ムネシュ様との一戦で見せたあの独特の構えだ。

「それだ。面白いな、その技」

わたしはムネシュ様とヨーコの対戦を見ていたから、彼女の技を自分の目で確認していた。

ただ、一度や二度見たくらいでは、あの技を破るのは難しそうだった。

彼女は自信満々で応えた。

「あの技を、居合《いあい》、と呼ぶ」

イアイか。

恐るべき技なのは見た瞬間に判った。

何しろぎりぎりまでカタナを抜かないから、相手には間合いが計れない。

抜く速さも尋常ではない。

斬りつける際の自由度も高い。

勝負は一瞬。

一瞬で決まる。

とてつもなく速く、かつ変幻自在の初撃さえどうにかできれば、わたしにも勝ち目はあるのだが……実はその時点では、わたしにはまだ、ヨーコのイアイに勝つ方法を思いつけなかった。

だが、そんな弱みを見せることはできない。

弱みを見せれば、その時点で負けたも同然だ。

わたしは敢えて強がってみた。

「イアイか。初見《しょけん》の者を驚かす手品代わりにはなる」

ヨーコの顔色が少し変わったのが判った。

それを見たわたしは、もう一押ししてみる。

「わたしがおまえの技を見ていて、おまえがわたしの剣筋を見ていないというのも不公平だな。闘う前に、わたしの太刀筋を見せてやろうか？」

ヨーコの眉が跳ねあがった。

「必要ない。それに、わたしの技は一度見た程度で破れるような底の浅いものではない。わたしは見る必要を認めないが、あなたが見たいというのなら、もう一度、居合を見せてもいいのだぞ」

わたしのように強がっているのか、それとも本気でそう思っているのかは判らないが、少なくともヨーコが腹を立てているのは間違いないようだ。

これは……つけ込む隙があるかもしれない。

わたしはさらに挑発してみた。

「必要ない。あのような軽業《かるわざ》は一度見れば充分だ」

ヨーコの顔色が、はっきりと変わった。

お？　怒ってる怒ってる。
どうやらヨーコは、わたしのことを殺す気になったようだ。
それは……くっくくく、面白い、そうこなくては。
これで彼女は全身全霊を込めて初撃を叩きつけてくるだろう。
わたしには、かわせないと思っているだろうから。
であれば。
わたしは思いついた戦法を実行することにした。
わたしとヨーコは溢《あふ》れんばかりの闘氣《とうき》を湛《たた》えて向き合った。
レフレンシア様が後退り、高々と右手を挙げる。
「よろしいですか。では」
レフレンシア様の右手が振り下ろされた。
「始めっっ！」

7

わたしは自らは動かない。
先に動いては彼女のイアイの餌食《えじき》になるだけだ。

まず彼女を動かして、そして……。

ヨーコは右手を柄に乗せたまま、一歩、二歩と踏みだしてきた。

そのまま足裏を地面から離すことなく、滑るようにこちらに近づいてくる。

ふむ。面白い歩法だ。

彼女の接近に備え、わたしは右手で提げていた剣を持ちあげ、両手で柄を握り、切っ先を相手に向けた。

ヨーコがわたしの構えを見て内心で笑ったのが判った。

いいぞ。そうだ。そのまま抜きつけて来い！

ヨーコが近づいてくる。

五ヤルド、四ヤルド、三ヤルド。

凄まじい闘氣がわたしの体を圧《お》す。

わたしも彼女に負けないように、闘氣を相手に叩きつける。

ヨーコが左手の親指で鍔を押した。

後に聞いたところ、その動作を「鯉口《こいぐち》を切る」と言うのだそうだ。

だが、彼女はまだ抜かない。

わたしが先に動いた。

彼女の体に突きを入れるために右腕を伸ばし、握った剣を繰りだそうとする。

わたしの動きだしを察知して、ヨーコも動いた。

彼女は腰を沈めつつ左手で鞘を引き、同時に右手で刀を抜く。

あれがイアイの極意《ごくい》なのだろう。

左手で素早く鞘を引くから右手があまり動かない。

抜く動作が見えないのも、そのせいだ。

そこまではわたしにも判る。

だが、実際、あの抜刀《ばっとう》を受けきれるかというと、その自信はない。

だからその瞬間に、わたしは一世一代の賭《かけ》に出た。

突こうとした剣をわざと落とし、左手で受け止め。

しかし、右腕はそのまま相手に向かって突きだしていく。

透明の剣を握っているかの如く。

抜刀した勢いのまま、ヨーコが斜め下からわたしの右腕に向かって己の刀を叩きつけてきた。

脳天までも痺《しび》れるほどの激しい衝撃がわたしの右腕を襲った。

折れた……か？

腕覆いの上から叩かれたにも拘《かかわ》らず、どうやらわたしの腕は骨折してしまったようだ。

なんという威力。

わたしは感心していた。

と同時に、勝利を確信もしていた。

何故なら、わたしの右腕は囮《おとり》だったからだ。

わたしは左手に持ち替えていた剣を、ヨーコの左胸目がけて突いた。

突きの速さなら、彼女のイアイにも負けはしない。

勝ったと思っているヨーコに、この突きはかわせない。

わたしの剣の切っ先がヨーコの左胸に達した。

「ほら、死んだ」

切っ先がヨーコの柔らかな左乳房を押し込んだ。

真剣なら、そのまま心臓までをも刺し貫いているところだ。

真剣でなくても、力を緩めずに思い切り突いてしまえば、彼女の体は後ろに吹っ飛んでいただろう。

だが、そこまで酷いことはしない。

あくまでこれは仕合なのだ。

わたしは途中で切っ先を止めてやった。

「ぐうぁっ」

ヨーコの顔が驚愕と屈辱に歪んだ。

はっははは、いい気持ちだ。

右腕は痛いけれども。

レフレンシア様が、さっと右手を挙げた。

「アルゴラは右手喪失。ヨーコ殿は心臓を刺された。よって、この勝負、アルゴラの勝ちと見たが、如何？」

ヨーコは何も言わなかった。無言で唇を噛んでいる。

ここは駄目押しの一言が欲しいところだ。

「おい、どうした？ 極東の島国の田舎者《いなかもの》は『負けました』の一言も言えないのか？」

うつむいたまま、ヨーコは体を震わせている。

ふふふ、少し遊んでやれ。

わたしはヨーコの乳房に押し当てている切っ先を回すようにして、二度、三度と、強く押してみる。

ヨーコが目を見開き、顔を上げた。

「ちょ……何を……する……うっ」

「負けた人間は、文句を言う前に何か言うことがあるのではないかな、うん？」

わたしは左手で切っ先をぐりぐりと回しながら、さらに強くヨーコの左乳房を押す。

「あ……ちょっと……駄目だって……」

ヨーコが体をよじりながら涙目で抗議をしてくるが、そんなものは軽く無視だ。

「聞こえんな？　『負けました』以外はわたしの耳には入らんぞ」

わたしは押し当てている剣の切っ先で、ヨーコの左乳房を強く押したり、ちょんちょんと突っついたりして刺激を与えてみた。

「あ……ああ……止《や》め……あっ」

先ほどまで取り澄ましていたヨーコの顔が恥辱に歪み、頬が桜色に上気している。

これは面白い。

なんか、無性《むしょう》に虐《いじ》めたくなった。

「ほっほぉ、意外と可愛い声で鳴くんだな。その可愛い声で、ぜひ『わたしアルゴラ様に負けちゃいました、ごめんなさい。地上最強の鋼《はがね》鉄の白兎《しろうさぎ》騎士団に挑戦するなんて身のほど知らずの愚か者でした。もうしません、お許しください』と鳴いてくれないか」

「そ……そんなこと……」

歯を食いしばっているヨーコを見て、わたしはさらに左手を動かした。

押し当てている切っ先で、ヨーコの左乳房を押したり叩いたり突っついたり。

「ほれほれほれ」

「あっあああ」

「ほらほらほら」

「あんあんあん」

「これはどうだ、これは」

「駄目駄目駄目……駄目ぇっ」

「はっはっはっ、これは楽しい。心の底から楽しい。超楽しい。笑いが止まらん。ほれほれほれほれ」

ヨーコは恥辱と屈辱に体も心も支配され、顔だけでなく耳まで真っ赤にして、必死で辱《はずかし》めに耐えながら、けれども耐えきれずに身悶えを続けている。

駄目だ。

危なすぎる。

世の中にこれほど楽しく愉快で面白いことがあろうとは思わなかった。

病みつきになってしまいそうだ。

わたしはヨーコの左乳房全体に小さな突きの雨を降らせた。

突き、突き、突き、突き、突き突き突き突き突き。

鎧を着けていないヨーコの左乳房に刺激が直《じか》に響く。

「あ、あ、あ、あ、あああぁぁ」

そして今度は、切っ先を彼女の左乳房の頂点に押し当てたまま、左腕を高速振動。

鎧を着けていないヨーコの左乳房に振動が直に伝わる。

「あっあぁぁ駄目駄目駄目駄目駄目ぇぇっ」

天を仰いだヨーコはきつく目を瞑《つぶ》り、歯を食いしばり、目に涙なんか浮かべながら大きく上体を仰《の》け反《ぞ》らせ、ぶるぶると体を震わせ、がくがくと膝を揺らした。

もう少しで膝を落とすのではないか？

この高慢で自信過剰な女が恥辱に屈し快感に耐えかね、膝を落とし許しを希《こいねが》うところを見るのもいいかもしれない。

と思ったら。

「はいはい、アルゴラ、もうその辺で」

レフレンシア様が止めに入った。

これからがいいところなのに。

思い切り不満げな顔を向けると、レフレンシア様はわたしの右腕に目を留めて訊いた。

「それよりアルゴラ、おまえ、右腕は平気なのか？」

楽しさのあまり忘れていた痛みが甦《よみがえ》ってきた。

「ぜんぜん平気じゃありませんよ」

わたしは渋々、切っ先をヨーコの胸から離して応えた。

「たぶん、折れてます」

「折れてるのかっ⁉」

「ええ。痺れるような鈍痛がありますし、腕全体が灼《や》けるように熱いですし」

「おい、治療班！」

レフレンシア様が救急分隊員を呼ぶ。

周りに控えていた数名の隊員が即座に飛びだしてきた。

「あ〰、これは」

わたしの腕を診《み》ていたファンフェッダが感心した声を上げ、いかにも楽しそうに笑いながら、わたしの右腕をぱしぱしと叩いた。

「うはははは。やっぱ折れてますね、これ！　これ！　これっ！　きゃは〰」

「痛い痛い痛い。嬉しそうに叩くなっ！」

わたしのことを騎士団で最凶などと言う奴もいるが、わたしに言わせれば、こいつ、ファンフェッダこそ、白兎《しろうさぎ》騎士団で一番危ない奴だろう。

わたしの抗議など意に介さず、ファンフェッダはヨーコに向かって笑いかけた。

「しっかし凄いなぁ。腕覆いの上から叩いて折るかね、普通。そっちの異国のお嬢さん、とんでもない人だね」

ファンフェッダから褒め言葉をもらっても、ヨーコは少しも嬉しそうではない。

彼女は震える声でわたしに訊いてきた。

「おまえ……アルゴラさん、最初から右腕を捨てるつもりだったのか？」

「右腕一本で済むなら安いものだろう？　というより、それ以外におまえの一撃を受ける方法を思いつかなくてな」

たとえこれが真剣での勝負であっても、わたしはそうしただろう。

そうするしかなかったと言い換えるべきか。

ヨーコのイアイは、それほど凄まじい剣技だったのだ。

もう一度、こいつと仕合をしてみたい。

いや、一度と言わず、何度でも。

それが、そのときのわたしの正直な想いだったよ。

8

「な……なんというか、アルゴラ様、鬼だよね」

とジアンが頭を振ると、レオチェルリが恐ろしそうに身を震わせた。

「鬼といいますか、鬼畜の所行といいますか」

「最凶というのは、ああいうところも含めての評価なのね。あたし、絶対にアルゴラ様には逆らわないようにする」

腕組みしたアフレアが、うんうんと頷いた。

「皆さん、あまりそういう正直な感想は口にしないほうがいいのではないかと」

不安そうな顔で休憩室の中を見回したガブリエラだが、休憩室からは他の団員の姿が消えていたので、彼女は安堵の息を吐《は》いた。

「そろそろ休憩の時間も終わりですわね。わたくしたちも仕事に戻らないとなりませんから、手早く残りを片付けてしまいましょうか」

ドゥイエンヌが再び口を開いた。

9

「なるほど、そういうことだったのですか。では、そのときにアルゴラ様のご推薦を受けて、ヨーコ様は白兎《しろうさぎ》騎士団に入団されたのですね？」

とドゥイエンヌが訊いてきた。

わたしは首を横に振る。

「いや、そうではない」

「ってことは、アルゴラ様に一本返すために、ヨーコ様のほうから入団の申し出を行ったということですか？」

アフレアがそう訊くと、わたしはまたもや首を横に振った。

「いや、それも違う。その後ヨーコは、我々に非礼を詫びて帰ろうとしたのだ。それを呼び止めたのはレフレンシア様だ」

10

「というのが、わたくしとアフレアとで訊きだした、アルゴラ様とヨーコ様の最初の闘いの、アルゴラ様側からの顚末《てんまつ》ですわね」

とドゥイエンヌが言うと、ジアンが感心した声を出した。

「同じ出来事なのに、視点が変わると別の話みたいだね」

「そうだわね。アルゴラ様とヨーコ様が、それぞれお互いをどう見ていたかなど、とても興味深いですわね。でも」

ドゥイエンヌが、ガブリエラに顔を向けた。

「ヨーコ様入団の経緯《いきさつ》は、アルゴラ様も教えてはくださらなかったのですけれど、あなたはヨーコ様から訊きだしてきたのですわね、ガブリエラ？」

ガブリエラが小さく頷いた。

「ええ、はい」

「どういうことだったのよ？」

とアフレアが迫った。

「それは……」

ガブリエラは、ヨーコから聞いた当時の話を仲間にして聞かせた。

11

一の砦の一室で、ヨーコ様はレフレンシア様と向き合っていました。

「レフレンシア殿、わたしにお話とはなんでしょうか？　まだ謝罪が足りないというのであれば、わたしは全員の前で土下座をしてもいいのです。あなたが腹を切れとおっしゃるのなら、わたしはその覚悟も……」

レフレンシア様は、ははは、と機嫌よさそうに笑って右手を振ったそうです。

「その必要はありませんよ、ヨーコさん。何しろあなたは、もう我が鋼鉄《はがね》の白兎《しろうさぎ》騎士団の一員なのですからね」

「……………………は？」

「おや？　どうしてそんな意外そうな顔に？」

「え？　だって……え？　い、一員とは……どういうことですか？」

「どういうもこういうも、アルゴラと仕合をする前に誓約書に署名をしていただいたではありませんか」

「え……ええ。それが？」

レフレンシア様は件《くだん》の誓約書を取りだすと、自分の顔の前でこれ見よがしにひらひらと振ってみせます。

「この誓約書には、『勝負に負けた暁には、わたし、ヨーコ・ジュン・シラサギは潔《いさぎよ》く鋼鉄《こうてつ》の白兎騎士団《はくときしだん》に入団します』という条項がありますよ？」

「ええええええ〰〰〰〰っっっ⁉」

ヨーコ様は、その場で半ヤルドくらいも跳びあがったでしょうか。

「そっ、そんな条項は見ておりません！」

「嫌だなぁ、ほら、ここを見てください、ここ。ちゃんと書いてあるでしょう？　あなたの署名もありますよ？　もしこれを見ていないというのであれば、それはきちんと内容を確認しなかったあなたの責任ではありませんか？」

「う……いや……あの……でも……そんな……嘘……」

レフレンシア様は極上の笑顔を作って言いました。

「東の国の誇り高きサムライであるヨーコさんですから、こうして誓約書に署名をしている以上、これを反古《ほご》にしたり無視したりはしないと、わたしは信じておりますよ」

ヨーコ様は全身を脱力させ、へなへなとその場に頽《くずお》れたのでした。

12

お話の最後にヨーコ様は、わたしに向かって苦々しい顔と重々しい口調でこのように言いました。

「この話から得られる苦くて厳しい教訓は、『世の中で最強なのは剣でも刀でもなく、筆と頭と舌先だ』ということだな。よく覚えておくといい、ガブリエラ」

「あらまぁ、ヨーコ様の入団には、そんな裏が」

ドゥイエンヌは、やれやれと首を左右に振った。

「その入団するという条項、目を皿のようにして見ないと読めないような小さな文字で、誓約書の片隅に書かれていたそうです」

とガブリエラが小声で言うと、ジアンが呆れた顔になった。

「酷い話だよなぁ。ほとんど詐欺師《さぎし》じゃないの？」

するとアフレアが正直な感想を口にする。

「アルゴラ様とかファンフェッダ様とか、白兎騎士団《しろうさぎきしだん》には最凶と分類される人が何人かいるけど、でも、あたし、レフレンシア様こそ最凶組の頭目だと思うな」

他の五人も、まったくもってそのとおりだと思わずにはいられなかった。

ガブリエラが、誰もが認める最凶のレフレンシアから「君こそが最凶だ」と断じられることになるのは、もう少しだけ先のお話である。

初めての出遭い　終わり

「梟《ふくろう》亭」の三姉妹

1

細身の筒袴《つつばかま》を穿《は》いて革の上着を着込み、大きな背嚢《はいのう》を背負ったアスカ・ラディアが店の入り口の前に立った。

鋼鉄《はがね》の白兎《しろうさぎ》騎士団入団後はアスカ・ランディを名乗っている彼女だが、この頃はまだ「アスカ・ラディア」だった。

筒袴も上着も履《は》いている靴も全体に薄汚れ草臥《くたび》れていて、いかにも長旅から戻ってきたという印象だ。

「やれやれ、ようやく店に帰ってこられたよ」

店というのはアスカと彼女の相棒が共同で経営している「何でも屋」のことだ。共同で経営といっても、開業資金を用意したのは相棒のほうで、アスカが提供したのは労力だけだったのだが。

そういう意味では相棒がオーナー社長で、アスカが執行役員とでもいえようか。

アスカは七日ほどかけて依頼された仕事をこなし、店を構えている大平原南部の某都市に戻ってきたところだった。

低層の建物が並ぶ雑然とした街区の中にある木造二階建ての古ぼけた建物の一階。

そこが二人の店――梟亭《ふくろうてい》――である。

「よろず相談承ります。梟亭」

という木の看板が表に掛かっている。

もっとも、これは紹介なしで訪れる一般客向けの看板である。

裏稼業のほうは伝手《つて》や紹介がない限り受けつけていない。

アスカが木製の扉に手をかけて手前に引くと、からんからん、と扉に付いた呼《よ》び鈴《りん》が鳴った。

扉を開けて中に入ると正面に受付があり、左右には小さな個室がいくつも並んでいた。

そこが待合室だ。

ここに依頼に来る客の中には他人と顔を合わせたくない者もいるから、商談が始まるのを個室で待つのだ。

商談のための部屋は廊下のさらに奥に用意されている。

受付に座っていた目つきの鋭い小柄な女子が呼び鈴の音に顔を上げた。

おかっぱのように髪を切り揃えた女子の名はアーネイス。

年齢は十代半ばだろうか。

孤児であるアーネイスは自分自身の正確な年齢を知らなかった。

「ただいま、アーネ」

「お帰りなさい、アスカ姉《ねえ》。七日ぶりですか？　八日ぶり？」

「七日ぶりだよ。それにしても、相変わらず目つきが悪いな、アーネは。君みたいな娘《こ》がどうして受付嬢をやっているのか謎だよね」

「ああ？」

アーネイスは睨《ね》めつけるようにアスカを見上げ、いきなり右手を持ちあげた。

目にも留まらぬ速さで彼女の右手が振り下ろされ、どん！　という鈍い音が響いた。

見ると、受付台の上に小刀が突き刺さっている。

「文句があるなら聞きますよ？」

見事な三白眼《さんぱくがん》だ。

たしかにアスカの言うように、受付嬢の目つきではない。

アスカは肩をすくめて応えた。

「あ〰〰、ないない。文句など何もございませんとも」

「判っていただければいいですよ？」

アーネイスは再び目を落とす。

どうやら膝の上に載せた書物を読んでいるようだ。

ちなみに、活版印刷がまだ発明されていない時代、世界のことであるから、本の類《たぐい》はすべて手書きの写本だ。

　したがって書物はどれも高価な物で、庶民にはなかなか手が出ないのだが、最近は庶民層を狙って、低価格の通俗本も出されるようになってきていた。

「なに読んでるのさ？」

「このあいだ出た艶本《えんぽん》ですよ？」

「艶本かよ！」

　艶本とは、とても色っぽい小話とかがとても色っぽい挿絵《さしえ》つきで書かれている、まぁなんというか、端的に言ってしまうとエロ本だ。

「凄いんですよ？　これがもう大興奮！　読み終わったら貸してあげますよ？」

「ちなみに、どんな内容？」

「若くて可愛い王子様と、彼を守る美形の騎士様が……」

「そっち系かよ！　絶対に要《い》らね！」

「どうしたの、アーネ？　お客様？」

　受付の背後から声がかかった。

「いいえ。アスカ姉《ねえ》がお戻りになったのですよ、リンダ姉《ねえ》」

「アスカが!?」

　受付の背後にある扉が開いて、若い女性が顔を出した。

　優雅な金髪と気品ある顔立ちのその女性こそがアスカの共同経営者であり、この店の実質的な店主、リンダシュタウト・リンデルハウム・ロンディウムだった。

「お帰りなさい、アスカ」

「ただいま、リンダ」

「仕事は上手《うま》く片付いたみたいね」

「まぁ、なんとかね」

「詳しい報告を聞きたいわ」

「あいな、了解」

背嚢を下ろすと、アスカはリンダシュタウトのあとについて奥の部屋に入っていった。

アーネイスは何事もなかったかのように膝の上の書物に目を落とし、熱心に続きを読み始めた。

ちょうどお話は、川で溺《おぼ》れた王子を救った若い騎士が、王子の濡れた着物を脱がせ、熾《おこ》した火の前で互いの肌と肌とで王子を温めようとしているところだった。

2

アスカからの報告を聞き終えたリンダシュタウトは、微笑みを浮かべ、

「ご苦労様でした」

と言って頭を下げた。

いつも気難しい顔してることが多いリンダなのに、珍しいこともあるもんだな。もしや何か魂胆《こんたん》が……。

アスカの脳内警戒警報が小さく鳴った。

「ねえ、アスカ」

「な……なに、リンダ？」

「仕事的にも一区切りついたし、いい機会だから、ちょっと骨休みにどこかへ遊びに行きましょうか？」

「え？」

どういうことだ？　リンダの奴、おかしいぞ。

アスカは疑い深そうな顔で、舐《な》めるようにリンダの全身に視線を這わせる。

「何が狙い？」

「何が狙いって」

リンダシュタウトは大げさに天を仰ぎ、あからさまに悲しげな表情になり、わざとらしくため息を吐《つ》いた。

「悲しいわ、アスカ。一仕事を終え、疲れて戻ってきたあなたを気遣って休暇を提案しているのに、真意を疑われるなんて。もういいわ。だったら次の仕事の話に移り……」

「あ〜〜〜、いやいやいや」

アスカは右の掌《てのひら》をリンダシュタウトに向かって大きく広げた。

「リンダの真意は充分に判った。理解した。わたしのことを気遣ってくれるその優しさ、涙が出るほど嬉しいさ。休暇、喜んでいただくよ」

「判ってもらえて、リンダ嬉しい」

両手を胸の前で合わせたリンダシュタウトは、満面に笑みを浮かべたまま上体を左右に揺すっている。

怪しい。怪しすぎる。

アスカの脳内警報が先ほどよりも大きな音で鳴っている。

っても、断ったりしたら怒り狂いそうだしな。まぁ、骨休みにどこかへ連れていってくれるってんなら、乗ってもいいけど。

「で、どこかへ遊びにって、どこへ行くのさ？」

「そうねぇ、のんびりと温泉にでも浸《つ》かって美味《おい》しい物食べてくつろぐってのは？」

「それは……願ったり叶ったりだけど」

「じゃあ、決まりね。アーネも連れて三人でのんびりしてきましょうか」

「え？　店を閉めちゃってもいいの？」

「ここのところずっと忙しかったし、ちゃんと儲けも出ているし、一旬日《じゅんじつ》くらい休んでも罰は当たらないでしょう」

なんだか今日のリンダ、後光が差して見えるな。本当にどうしちゃったんだろう。

と怪しむアスカだが、骨休みに温泉でのんびりは悪くない。

っていうか、むしろ大歓迎だ。リンダの真意がどこにあるかはさておいて、せっかくの申し出だ、休暇はありがたく頂戴しよう。

3

行き先は中央湖《なかのうみ》に決まった。

中央湖南岸の街キュラソールに、湖面に面した大きな露天風呂があるので、そこに浸かって、美味しい魚介を食べましょうということに話がまとまったのだ。

二日後、三人は店を閉じ、留守中のことを知人に頼んでから、勇躍、街を出発した。

アーネイスは温泉旅行に無料《ただ》で行けるというので無邪気にはしゃいでいたが、アスカは出発してもなお疑念を捨てきれなかった。

三人はキュラソール目指して、雇った馬車で北国《ほっこく》街道を北上していく。

三人とも乗馬が得意だから馬に乗って駆けてもよかったのだが、一旬日の休暇ということで急ぐ必要はなく、馬車でのんびりと行くことにした。

早朝に地元の街を出て、途中の街で一泊、翌日の午後にキュラソールに入った。

宿はキュラソールの街の中ではなく、露天風呂の近くにある宿屋街に取った。

高級宿とはいえないが、そこそこ立派な宿屋だったから、少なくとも混雑したからといって相部屋になるようなことはない。

部屋に荷物を置くと、リンダシュタウトが、

「さっそく露天風呂に浸かりに行きましょうか」

と提案した。

「湖に沈む夕陽が綺麗だそうよ」

「わぁ、行きます行きます！　温泉、とっても楽しみですよ？」

アーネイスはかなり高揚して、そうとう舞いあがっていた。

けれどアスカは。

「どうしたの、アスカ。なんだか乗りが悪いわね？」

「いや、べつにそういうわけでもないいんだけどさ」

「じゃあ、どういうわけなの？」

リンダがあまりにも優しいので逆に怪しい……なんてことは口が裂けても言えない。

「ちょっと最近、疲れ気味なんだよ」

と言って誤魔化すしかなかった。

「だからこその温泉でしょ」

「そうだね。温泉に浸かって、仕事の疲れと旅の汗を洗い流すとするか」

「そうしましょう、そうしましょう」

ということで、三人は中央湖の湖岸にあるという大きな露天風呂へと向かうのだった。

4

「これは見事なものですね？　ですね？」

露天風呂の湯船の前に立ったアーネイスが、周囲を見渡して感嘆の声を上げる。

ちなみに、この時代、この世界では、男風呂、女風呂などという概念はこれっぽっちもないので、この露天も混浴だ。

とはいえ、素っ裸で入るのでは観光に来た女性客が引いてしまいそうだから、男女とも浴衣《よくい》を着て入るように決められている。

前合わせで薄手の作りの浴衣は濡れれば完全に透けてしまうのだが、透けていようが何しようが裸じゃないから大丈夫、裸じゃないから恥ずかしくないもん、というのが露天風呂を営業しているキュラソールの街側の言い分だった。

したがって、アスカ、リンダシュタウト、アーネイスの三人も、膝丈の浴衣を腰に回した帯で縛って着ている。

「眺めもいいし、何よりこれだけ広い湯船だと気分がいいわね」

とリンダシュタウトがアーネイスの言葉を受けて頷いた。

三人はお湯の中に足を踏み入れ、湖岸に近いほうへと歩いていく。

季節は晩夏から初秋へと移りゆく頃で、湖面を吹き渡る風は乾いていて爽《さわ》やかだが、薄物一枚で立っていると少し寒い。

「お湯に浸かりましょうか」

というリンダシュタウトの声で、三人は湖岸に近い場所に腰を沈めた。

肩までお湯に浸かると、お湯の温かさが、じんわりと内臓にまで伝わってくるような気がして実に気持ちがいい。

アスカは手足を伸ばし、全身を弛緩《しかん》させる。

あ〜〜〜、もう気持ちいいから、リンダが何を考えていようとどうでもいいかな。

そんな気分になってきた。

「これだけ広いと泳げちゃいますね？　っていうか、泳いじゃいますよ？　こんな邪魔な物は脱いで！　脱ぎ捨てて！　全裸？　全裸で!!　ひゃっほ〜〜〜」

高揚感最高潮のアーネイスは、いきなり浴衣を脱ぎ捨て、素っ裸になって湯船の中を泳ぎだす。

「背泳ぎ〰〰、蛙泳《かえる》ぎ〰〰、貫手《ぬきて》〰〰」

蛙泳ぎというのは平泳ぎ、貫手というのはクロールのことだ。

湯船の向こうまで泳いでいったアーネイスは、

「潜水〰〰」

と叫んで、頭からお湯に潜った。

「元気ね、アーネは」

とリンダシュタウトは笑っているが。

「おい、いいのか、リンダ、あいつを放っておいて？」

「ふふ、いいのじゃない、別に？　誰かに迷惑をかけているわけでもないし。むしろ、男性客が喜んでいるわ」

「いいのかなぁ。まぁ、リンダがいいって言うならいいんだけど」

アスカは湯船の浅いところに体を横たえ、全身から力を抜いて夕暮れの空を見上げた。

鳥の編隊が茜色に染まる西の空へと飛んでいく。

沈む夕陽を受け、湖面がきらきらと輝いている。

対岸に広がる森の緑が、ぼんやりと霞んでいる。

あ〰〰、こんなにのんびりするのって、本当に久しぶりだな。

アスカは自分の体に染みついた血の臭いまでもが溶けだし流れだしていくような気が

した。

ただの錯覚だけどね。わたしの体に染みついた血の臭いは、温泉に入ったくらいじゃ落ちやしない。

アスカが血腥《ちなまぐさ》い境遇から抜けだすことができたのは偏《ひとえ》にリンダシュタウトのおかげだといってもいい。

彼女が資金援助をしてくれたからこそ、アスカは新しい生活を、いや、新しい生をやり直すことができたのだ。

うん、感謝してるとも。リンダには。

人使いの荒いリンダシュタウトにはいつも苦労させられているのだが、感謝しているというアスカの気持ちに嘘偽《うそいつわ》りはない。

そのリンダシュタウトが囁《ささや》くような声で呼びかけてきた。

「ねぇ、アスカ」

アスカは仰向けに寝転がったまま気のない返事を返す。

「なに？」

「そのまま聞いて。ちらちらとこちらに視線を送ってきている男たちがいるの」

「リンダが美人だから、気になってるんじゃないのか？」

「割と真面目な話なんだけど」

というリンダシュタウトの声で、アスカの表情が引き締まった。

「どういう奴ら？」

「そうねぇ、遠いから人相なんかは判らないけど、ただの旅人には見えないかな。体の鍛え方とか向けてくる視線が一般人とは違うのよ」

アスカは仰向けに寝転がったまま周囲の様子を探るが、その体勢ではリンダシュタウトの言う男たちを視界に捕らえることはできなかった。

かといって、起きあがって視線を向ければ相手の注意を引いてしまう。

アスカは相手の様子を探ることを諦めた。

「リンダがそう言うのなら……そうなんだろうね。何か心当たりは？」

「一つ、二つ、三つ、四つ……五つくらいかしら」

そんなにあるのかよ！

と突っ込みたくなったアスカだが。

まぁ、こういう稼業だから仕方がないかと思い直す。

「実はね」

とリンダシュタウトが言ったとき、アスカは、ほぉらお出《い》でなすった、と身構えた。

「最近、ちょっと不穏《ふおん》な気配に気がついて、それで調べてみたのよ。そうしたら確かに店のことを探っている奴らがいてね」

「ちょっと待って。ってことは、この温泉旅行、そいつらをおびき出すための餌《えさ》だったってこと？」

リンダシュタウトは、にっこりと笑った。

上品で優雅な笑みだった。

「わたしたちは温泉でくつろげるし、怪しい連中は引っ張りだせるし、一石二鳥よね」

いや。いやいやいやいや。わたしらは全然くつろげないだろう、それ！

「ということで、今夜にでも相手に襲わせようと思うの」

「それがいちばん手っ取り早いとは思うけどさぁ」

どこに行っても何をしても、結局は血腥さとは縁を切れないものだなぁ。まぁ、今さらだけどね。

アスカはむくりと上体を起こした。

「いいよ、リンダ。やろう」

「では、アーネにも話をしておくわ」

そう言って、リンダシュタウトは中腰のままお湯の中を移動していった。

せっかくのんびりできると思ったのに、結局、いつもと同じか。それが運命《おんな》、それが人生ってことなのかな。

アスカは切ないため息を吐《つ》いた。

5

宿屋は基本的に素泊まりなので、三人は夕食を摂《と》りに街まで出向くことにした。

城門を潜り、大小の食事処《しょくじどこ》が並ぶ食堂街へと足を運んだ。

すでに日が落ち、食堂街のあちこちで篝火《かがりび》が焚《た》かれている。

各店の前には何人もの客引きが出て大声で通りかかる者を呼んでいる。

リンダシュタウトは目星をつけた店の前で外にいた客引きと値段交渉をして、満足のいく提示を受けた後に店内に足を踏み入れた。

こういう交渉事、本当に頼りになるよな、リンダは。

荒事なら引けは取らない自信のあるアスカだが、この手の交渉や折衝、駆け引きなどはあまり得意ではない。

だから今やっている何でも屋でも、リンダシュタウトが交渉や契約担当で、アスカが現場担当——たまにアーネイスに手伝わせることもある——という役回りなのだ。

かといって、リンダシュタウトが実戦の役に立たないかというと、全然そんなことはない。

リンダシュタウトの戦闘能力はアスカに勝るとも劣らないのだ。

従って、アスカとアーネイスだけでは手が足らない場合は――そういう場合はあまり多くないが――リンダシュタウトも実働部隊として動くことがある。

今夜は否応《いやおう》なくそういう事態になりそうだった。

店に入って席に落ち着いた三人は、次々に運ばれてくる食材を炭火で焼いていく。

ここの店は、買った食材を自分で焼いて食べるのが売りだった。

焼いた肉も野菜も美味《うま》かったが、それ以上に、中央湖《なかのうみ》で獲《と》れたばかりの魚介類は絶品だった。

大平原では、新鮮な魚貝を食す機会は少ないのだ。

三人は中央湖で獲れた魚や海老や貝を次から次へと焼いて、次から次へと口に運んだ。

小一時間で、三人は頼んだ食材をあらかた片付けた。

「あ〜〜〜、食べた食べた」

裳裾《もすそ》の帯を思い切り緩めたアーネイスが、大きく膨らんだお腹をさすっている。

「妊婦か、おまえは」

と皮肉を言うと、アーネイスはいつものように目を細めてアスカを睨めつけてきた。

「いいじゃないですか？　こんな美味しい魚介類を食べられることなんか、滅多《めった》にないんですよ？」

「それは認めるけどさ。おまえは食い過ぎだっての。たぶん、このあと殺《と》り合いになるんだぞ。判ってるのか!?」

「判ってますよ？　四半刻《しはんとき》もあればお腹はこなれますって。それに、露天風呂で見かけた連中なら大したことなさそうでしたよ？　リンダ姉《ねえ》にアスカ姉《ねえ》がいれば、なんの問題もないでしょう？」

「おまえはね、アーネ、すぐに相手を侮《あなど》るのが悪い癖だ」

「え〜〜〜、そうですかぁ？」

「そうだ。いついかなるときでも相手を侮るな。相手を舐めるな。相手を見くびるな」

「べつに侮ってるつもりはありませんけど？」

「そんなふうに腹を膨らませてるのが侮ってるって言うんだ」

「む〜〜〜」

アーネイスは不服そうに頬を膨らませる。

「アスカの言うとおりよ、アーネ」

リンダシュタウトが珍しく厳しい顔つきになった。

「あなたの腕前は認めるわ、アーネ。その若さにしてはとびきりよ。でもね、わたしもアスカもこの稼業が長いからよく知っているの。腕がいいだけじゃ生き抜いていけないことを。わたしもアスカも、腕はいいのに死んでいった同業者を何人も見てきた。嫌というほど見てきた。油断する奴、相手を見くびる奴、自信過剰の奴、そういう奴らから死んでいくのよ」

「…………」

「わたしたちは家族同然……いえ、本当の姉妹だと思ってる。だからアーネ、わたしは妹には死んで欲しくないの」

「ちょっと待って、リンダ。姉妹って……誰が長姉《ちょうし》？」

何を今さらという顔でリンダシュタウトがアスカを見た。

「あなたでしょ？」

「いやいや、リンダだろ！」

「なに言っているの。あなたがお姉さんよ。いちばん上のお姉さん。職歴的にもそうでしょ？」

裏稼業の長さを持ちだされるとアスカも弱い。

何しろ子供の頃《ころ》から暗殺しをしてきたのだから。

「まぁ、それでもいいけどさ。それに、リンダはどちらかというとお姉さんじゃなくてお母さんだぐばあっっ」

頭を殴られたアスカが卓上に突っ伏した。

「痛いなぁ、もう」

顔を上げたアスカは、殴られた側頭部を撫でながらアーネイスに向かって言った。

「わたしはおまえのことを妹だなんて思えないけどさ、でもおまえに死んで欲しくないのはリンダと同じさ。だから忠告しておく、アーネ。相手を舐めるな。侮るな。慎重の上にも慎重に行動しろ」

「……判ったですよ、アスカ姉《ねぇ》、リンダ姉《ねぇ》」

アスカがアーネイスの右手をはたいた。

「あうちっっ」

「判ったって言ってる側から焼き肉の串を取ろうとするんじゃない！」

「ううぅ、判りましたよぉ。もう食べませんよ？」

叩かれた右手の甲を左手で撫でていたアーネイスだが、すぐに、じゃあ、と言って肉の串を指さした。

「夜食にするから、これ、持っていっていい？」

リンダシュタウトとアスカは苦笑するしかない。

「本当に食い意地の張った奴だな」

「だって、食べてるときがいちばん幸せですよ？」

「判った判った。持っていって宿で食えばいいさ」

「わ〜〜〜い」

アーネイスは、いそいそと残り物の肉や野菜を集め始めた。

6

食事処からの帰り道。

閉まる直前の城門を出た三人は、ふらふらとした足取りで暗い夜道を歩いている。

「あれぇ、こっちの方角でよかったんだっけぇ？」

「いいんじゃない〜〜〜？」

などと、いかにもほろ酔い気分といった雰囲気だ。

城外の宿屋へ帰る道には、まだ多少人通りがあったが、その道を外れてしまうと辺りは真っ暗で、人影も見当たらない。

先頭を歩くアーネイスの持つ強盗提灯《がんどうちょうちん》の明かりだけが頼りだ。

もっとも、実際は三人とも夜目《よめ》が利くから、これはあくまで演出だ。

とそのとき。

前方に人影が湧いた。

「誰？」

アーネイスが提灯の明かりを向けると、覆面をした男たちの姿が浮かびあがった。

「梟亭の連中だな？」

「だったら、なんだ？」

「死んでもらうぞ」

男たちは一斉に剣を抜いた。

提灯の明かりを受けて、銀色の刀身が鈍く煌《きら》めく。

「明かりを消せ、アーネ」

というアスカの叫び声でアーネイスは急いで提灯の中の蠟燭《ろうそく》を吹き消した。

その瞬間、何本もの火矢が飛んできて地面に突き刺さった。

燃える火矢の明かりが三人の姿をくっきりと浮かびあがらせる。

「なかなか用意周到だな、こりゃ」

気がつくと、前方だけでなく左右も背後も囲まれていた。

襲撃者の数は、ざっと数えただけで二十人以上もいる。

なのに、アスカもリンダシュタウトもアーネイスも薄い笑みを浮かべていた。

「全員お出ましみたいだから、もう芝居はいいわね」

とリンダシュタウトが不敵な声で言った。

「二、三人ほど生かしておけば、あとは殺《や》ってしまっていいわよ」

「じゃあ、生かしておく奴はアーネに任せた」

「え〜〜〜、わたしだって、みんなぶっ殺したいですよ？」

「じゃあ、リンダ」

「仕方がないわねぇ。判ったわ、尋問用の捕虜はわたしが確保しておく」

アスカとアーネイスが顔を見合わせて笑った。

「ってことで」

「遠慮なく？」

「「ぶっ殺そう」」

二人は前方の敵に向かって突進していった。

7

四半刻もかからぬうちに勝敗は決した。

襲撃者のうち、返り討ちに遭って命を落とした者が十六人。

リンダシュタウトに捕縛された者が三人。

逃げ果《おお》せた者は三、四人だろうか。

三人対二十数人という人数の差などものともしない、圧倒的な勝利だった。

アスカやリンダシュタウトが強いのはある意味当然だが、小柄で華奢《きゃしゃ》な少女、短剣使いのアーネイスの強さも破格だった。

返り血を浴びて真っ赤に染まったアスカとアーネイスがリンダシュタウトの下に戻ってきた。

「ご苦労様ね」

「楽しかったですよ、リンダ姉《ねえ》。腹ごなしの運動に最適でしたよ？」

横でアスカが苦笑している。

「おまえ、張り切りすぎだよ」

「まあ、いいじゃない。こちらは三人確保したから、二人まで殺せるわ。手加減せずに尋《き》けるのが嬉しいわね」

「やれやれ、可哀想《かわいそう》に。リンダに尋問されるくらいなら、わたしたちに殺されたほうが幸せだったよな。なぁ、アーネ？」

「そのとおり。わたしとアスカ姉《ねえ》は人助けをしたってことですね？」

「まったくだ」

「あらあら、わたしってば、ずいぶんな言われ様ね」

凄絶な笑みを浮かべたリンダシュタウトが、地面に転がっている三人に向かって死の宣告をした。

「さて、では、尋問を始めましょう。あなたたちがどこの誰に雇われたのか教えてね。でも、なるべく長い間答えないでいてくれると楽しいわ」

「おい、アーネ」

「なんですか、アスカ姉《ねえ》？」

「わたしら、ちょっと外してたほうがいいんじゃないか？」

「そうですね？　ちょっとその辺、散歩……じゃなくて、何か手がかりとかないか探してみましょうか？」

「そうしよう、そうしよう」

リンダシュタウトによる「尋問」という名の「拷問」につき合っていられないと思ったアスカとアーネイスは、適当なことを言ってその場から離れていった。

8

四半刻ほどしてから二人は戻ってきた。

地面に転がったまま動かなくなっている捕虜を横目で確認したアスカは、小さなため息を吐《つ》く。

リンダは容赦ないなぁ。わたしもけっこう酷《ひど》いことをやってきたけど……この女には負けるね。

「何か言いたいことがあるのかしら、アスカ？」

「……言いたいことというか、何か判ったのか、ということは訊きたいけどさ」

「黒幕の名を教えてくれたわ」

「あ、そう。で、何番目だったの？」

「三番目ね。このあいだわたしたちが仕事を請け負ってあげた、あの貴族」

「なんでそいつが襲ってくるんだ？　あの仕事はちゃんと成功させたじゃないか」

「だから、口封じじゃないの」

「わたしらが仕事内容を誰かに口外すると思ったって？　見くびられたものだな」

「そうじゃなくて。将来、わたしたちが仕事の秘密を種に強請《ゆす》りに来るかも……ってことを恐れたんじゃないのかしら」

「はん。それこそ見くびられたものだな」

「どうしますか、リンダ姉《ねえ》？」

「アーネはどうしたい？」

「わたしたちにちょっかい出したらどうなるかを、きちんと裏社会に教えておいたほうがいいんじゃないですか？」

「アスカは？」

「そうだな。禍根《かこん》は断っておいたほうがいいんだろうね」

「そうね。じゃ、燃やしましょうか」

リンダは、にんまりと笑った。

優雅で気品ある顔立ちに似つかわしくない、どす黒い笑みだった。

「その貴族には、お屋敷もろとも綺麗さっぱり燃えてもらいましょう」

アーネが、うぃひひひと奇妙な笑い声を上げた。

「ですね？　ですね？　いいですね？　あたし、殺しちゃいますよ？　みんな殺しちゃいますよ？　刺して抉《えぐ》って切って刻んで剝《は》がして解体《ばら》して晒《さら》しちゃいますよ？」

楽しそうだなぁ、こいつ。

アスカは苦笑する。

けれど、血腥い生活とはおさらばしたはずなのに、結局、どこまで行ってもこういう生き方なんだな、わたしは。

それが嫌だとは思わない。

しかしながら、もっと違う生き方、もっと真っ当な生き方をしてみたいという思いが、願望が、希望が、アスカの心のどこかに芽生え始めていた。

まだ自分自身でも気づかないその思いが、やがてアスカを新しい生き方に導いていくことになるのだが、それはもう少し先の話である。

「見張りがどこかに残っているかもしれないし、夜中のうちに出発しましょう」

というリンダシュタウトの言葉に、アスカとアーネイスは大きく頷いた。

9

それから八日後。

高原都市にある某貴族の家が丸焼けになり、焼け跡から多数の遺体が発見されることになるのだが、犯人が見つかることはなかった。

余談だが、このときの報復劇に絡んで、リンダシュタウトとアスカはオケイアノスと接触を持つことになった。つまりこのときの温泉旅行こそ、アスカが鋼鉄《はがね》の白兎《しろうさぎ》騎士団と深く関わるきっかけ、遠因となった出来事だったわけだが、このときのアスカには、そんな予感はこれっぽっちもなかった。

「梟亭」の三姉妹　終わり

超おまけ的白兎《はくと》女学院剣騒記《けんそうき》（序章）

1

「お〜〜〜、いるいる」

白兎《はくと》女学院の制服に身を包んだジアン・ジャンは、グラウンドの一角に集《つど》った一回生の群れを見渡して腕を撫《ぶ》した。

白兎女学院は文武《ぶんぶ》両道を謳《うた》う名門女子校である。

その人気は高く、従って希望倍率も高く、入学試験は難関である。

ジアンはその難しい入学試験に見事に合格し、昨日、入学式を済ませたばかりだった。

だがしかし。

入学式が済んだからといって浮かれてはいられない。

むしろ気を引き締めないとならない。

何故なら、入学式の翌日だというのに今日は実力試験があるのだから。

試験といっても、この場合、筆記試験ではない。

白兎女学院は文武両道を謳っているものの、その力点は「武」に置かれている。

武に優れている学生が優遇されるようなシステムになっているのだ。

学生は武術の腕を競うこの試験の成績でランキングづけられ、クラス分けがされる。

ランキング上位者が「いいクラス」に入れるのだ。

いいクラスとは、クラスの設備がいいとか、寮の部屋が豪華だとか、用意される食事が美味《おい》しいとか、もらえる奨学金が高額になるとか、まぁいろいろな特典があるのだが、何より下位クラスの者に対して大きな顔ができるのは魅力的だった。

つまり、同学年でのランキングの上下は、先輩後輩に匹敵するような上下関係を生徒同士《し》に強いるのだ。

学年ランキングの他にも全学年ランキングというものがあって、これで上位に入れば、上級生にだって大きな顔ができる。

だからこそ、すべての生徒は毎回の実力試験で上位を目指そうと力が入る。

特に今回の試験は、一回生にとって最初の試験なので、なおさら力が入る。

この結果でクラス分けが為《な》されるのだ。

少なくとも、クラスは一学期が終わるまで変更がないから、ここで下位クラスに振り分けられてしまうと、一学期の間中、いろいろ寂しい思いをすることになってしまう。

ただし、個人ランキングに関しては試験以外でも上下することがある。

ランク下位の者は、ランク上位の者に挑戦することができるのだ。

挑戦して勝てば、相手のランクに昇格できる。

負けた場合は、自分のランキングの十パーセント分、沈むことになる。

つまり、こういうことだ。

学年ランク百五十位の生徒Bが百二十位の生徒Aに挑んで勝てば、生徒Bが百二十位に上がり、負ければ百六十五位に落ちるのである。

一方、挑まれた百二十位の生徒Aは、勝ってもメリットはなく、負ければ百五十位の生徒と順位が入れ替わることになる。

このシステムがあるため、ランク下位者は常に闘《や》る気に満ちているし、上位ランク者もうかうかしていられない。

ただし、挑戦権は無制限に駆使できるわけではない。

一学期に十回までの使用が許されているだけなので、勝てば儲けもの的な、あるいは下手《へた》な鉄砲も数撃ちゃ当たる的な気軽な挑戦はできないようになっている。

それはさておき。

今朝《けさ》は一回目の実力テストのために、一回生がほぼ全員、グラウンドに集まったところだった。

ちなみに白兎女学院の制服はブラウスとジャケット、スカートに分かれたセパレートタイプであるが、見渡したところ、各人、細かな部分でけっこう差異が見られる。

その理由は個人的な改造が許されているからで、何故改造が許されているかというと、武器が持てるようにするためだった。

いつでもどこでも、ランキング下位者からの「挑戦」による闘いが発生する可能性があるから、誰もが常に自分の得物《えもの》を所持しているのである。

差すか吊るすか背負うかの違いはあるが、多くの生徒は剣を武器として携えている。

中には剣以外の武器を使う生徒もいる。

格闘技が得意なジアンなどはその代表で、彼女は剣を所持していなかった。

2

今日の試験は五人一組となってのグループ戦だった。

共に闘う仲間を募って試験に臨むことになる。

しかし、ジアンは遠方から単身で入学してきたために、学園に知っている者がいない。

ジアンは一緒に闘ってくれる生徒を今から探さなくてはならないのだ。

「さぁて、誰がいいかなぁ」

ジアンが値踏みをするような目で周りを見渡していると、同じような目で周りを見ていた一人の女生徒と目が合った。

互いが互いの腕を推し量ろうとする数秒間が過ぎ。

見た目は頼りなさそうな感じだけど、けっこうデキるな、あいつ。

ジアンは相手のことをそう判断した。

やっ、とジアンが右手を挙げると、相手も軽く会釈してきた。

ジアンが相手のことを認めたのと同様、相手もジアンのことを認めたようだ。

特に話をすることもなく交渉は成立した。

二人は互いに歩み寄って、名乗りを上げる。

「自分はジアン・ジャン。ジアンって呼んで」

「わたし、ガブリエラ・リビエラ・スンナです。ガブリエラとお呼びください」

そう名乗った女生徒は、背後にいたもう一人を指し示す。

「こちらがレオチェルリ・レモンティス。わたしと一緒に入学した者です」

「わたしのことはレオチェでもチェルリでも、好きなようにお呼びください。よろしくお願いします」

ジアンは素早くもう一人に視線を走らせ、その実力を推し量る。

うん、こっちもイケそうだ。問題なし。

「こちらこそ、よろしく」

ガブリエラもレオチェルリも腰に剣——もちろん模造刀だが——を差している。

ごく普通の長剣だ。

しかしジアンは得物らしい得物を持っていない。

ガブリエラがその点を衝《つ》いてきた。

「ところで、ジアン、あなた、剣を持っていませんけれど、どういう闘い方をするのですか？」

ジアンはガブリエラに向けて右の拳を突きだしてみせた。

「自分の武器は、これ！」

「つまり、格闘戦が専門だと？」

「そう。手と足が自分の武器。あと頭もね。自分の頭、固いよ？」

ガブリエラとレオチェルリが苦笑した。

「一応籠手《こて》を装備してるから」

とジアンが右手を掲げ、袖を捲《まく》ってみせる。

「剣にも対抗できるよ。上着は邪魔だから本番では脱ぐけどさ。ところでガブリエラ」

「なんですか？」

「今日の闘いは五人制だろ。あと二人、集めないといけないんだけど、どうする？」

「そうですね、ちょっとその辺を歩いて……」

と言いかけたとき、背後で高笑いが上がった。

「あ〰〰らあらあら、ガブリエラではないの。相変わらず貧乏くさい顔ですこと」

うわぁ、ドゥイエンヌさんだ。

ガブリエラの顔が奇妙に歪んだが、しかし、それも一瞬のこと。

次の瞬間、ガブリエラは引き攣《つ》ったような笑みを浮かべて振り返った。

そこに燃えるような鮮やかな赤毛の、背の高い女生徒が立っていた。

その女生徒、高校一年生にしてはかなり背が高い部類だが、彼女の背後にはさらに高身長の女生徒が控えていた。

バレーボールかバスケットボールのナショナルチームに入っても見劣りはしないだろうと思われるほどの身長だ。

二人とも大剣を背中に背負っているのがまた目立つのだが、それ以上に目立つのは、赤毛の女生徒のスカート丈がぎりぎりまで切り詰められていることだった。

格闘戦が得意なジアンはスカート丈をかなり短くしているのだが、彼女のスカートはそれよりもさらに短く、超ミニスカ状態だ。

っていうか、どうして剣を使うのにあんなに短くしているのかが判らない。ちょっと飛び跳ねただけでぱんつ丸見えじゃね～の。

ジアンなどはそう疑問に思うのだが。

その理由をガブリエラは知っている。

彼女はただ単に目立ちたいだけなのだ。

ジアンが内心で首を捻りながら訊いてきた。

「知り合いなの、ガブリエラ？」

「ええ、まぁ、小学生の頃に少し」

小さなため息を吐《つ》いたガブリエラは、赤毛の女生徒に向かって頭を下げた。

「お久しぶりです、ドゥイエンヌさん」

「久しぶりだわね、ガブリエラ。元気そうで何より。さておき、どうせ友達もいないあなたのこと、組む相手がいなくて困っているのでしょう？　わたくしの組に入れてあげてもよいわよ？」

「はぁ……じつは、一人、組む相手ができたところなのですけど」

と応えてガブリエラがジアンを指し示すと、ドゥイエンヌは、まぁ！　と驚いた。

「この学院、お猿でも入学できるのね!?　吃驚《びっくり》ですわ」

ジアンが、びしぃっとドゥイエンヌを指さした。

「猿じゃないよ！　人だよっ！　失敬な奴だなっ！」

「まぁぁ。さすがに白兎女学院、人語を解するお猿が入学しているわ」

「ガブリエラ、こいつ殴っていい？　ボコボコにしちゃっていい？」

「ままま、ジアン、抑えて抑えて」

ガブリエラはジアンを離れた場所まで引っ張っていって、こそこそと耳打ちする。

「あの人に逆らうと、あとあとまで、とても厄介なことになるので、できれば無視して聞き流してください」

「なに？　そんな恐い奴なの？」

「ドゥイエンヌさんの実家、マクシミリエヌス家は、白兎女学院への今年度の寄付金の額で、間違いなく三本の指に入っているでしょう」

「大金持ち⁉」

「権力もあります」

「そうか〰〰。友達になっておこう」

意外と柔軟な思考力を持つジアンだった。

元の場所まで戻ったジアンは、

「ジアン・ジャンです。よろしく〰〰」

と頭を下げた。

「わたくしはドゥイエンヌ・ドゥノ・マクシミリエヌス。よろしくね、お猿さん」

むっとしたジアンだが、ガブリエラの忠告に従って聞き流した。

「こちらがわたくしの従者、マルチミリエ・ギヴィエですわ」

マルチミリエは胸を張って短く応えた。

「マルチミリエだ。マルチでいい」

でっかいな〰〰。

小柄なジアンは、マルチミリエを見上げる恰好《かっこう》になる。

おそらく上背は二メートル以上ありそうだ。

ドゥイエンヌもかなりの高身長なのだが、マルチミリエの背の高さは女子高生のレベルを遥かに超えている。

おまけに彼女もスカート丈がかなり短くて、ドゥイエンヌと二人並ぶと、それはもう凄い迫力だった。

なんか巨人国へ紛れ込んだような気になってくるな。っていうか、アマゾネス？

二人の迫力（とスカート丈の短さ）に圧倒されるジアンである。

「これでちょうど五人ですね」

とガブリエラが言うと、ドゥイエンヌがちょっと迷ったような表情で首を傾《かし》げた。

「そうね、五人、いえ……」

「どうかしましたか？」

「四人と一お猿でもグループとして認めてもらえるのかしらと思って」

「やっぱり殴るぅぅぅぅ」

「はい、抑えて抑えて、お、さ、え、て〰〰」

ガブリエラとレオチェルリが二人がかりでジアンを羽交《はが》い締《じ》めにした。

ドゥイエンヌが楽しそうな顔で笑う。

「まぁ、いいでしょう。学園側から止められない限り、これで行きましょう。いいわね、ガブリエラ？」

なるほど、このメンバーは面白そうだとガブリエラは思った。

ドゥイエンヌにマルチミリエと出会うのは久しぶりだが、二人の腕前が抜きんでているのは確かめるまでもない
こちらのジアンも、そうとうにデキると見た。

レオチェルリも問題ない。

自分自身はさておいて、ガブリエラはかなりやれそうな気がしてきた。

「では、集合場所へ行きましょうか」

というドゥイエンヌの一声で、五人は集合場所に指定された広大なグラウンドの一角へと移動を始めた。

3

それぞれのグループ毎《ごと》に一回生総勢五百人が集まっている。

その前に演壇が設けられ、壇上に一人の女生徒が上がってきた。

もちろん女学院の制服姿だ。

眼鏡をかけたその女生徒は人を威圧するような雰囲気を湛《たた》えた鋭い目つきをしていて、一見しただけでただ者ではない印象だ。

それも当然。

彼女こそ、この白兎女学院生徒会で総会長を務める女生徒で、教師も職員も一目置く存在なのだ。

「あ〜〜〜、テス、テス。本日は青天《せいてん》の霹靂《へきれき》なり」

青天の霹靂って、嫌な日だな、おい。

思わずジアンは内心で突っ込んだ。

少しの間マイクの調子を確かめていた彼女は、やおら話し始めた。

「え〜〜〜、昨日の入学式でも挨拶したから知っている者も多いと思うが、サボった者のために言っておくと、わたしは白兎女学院生徒会総会長、三回生のレフレンシア・レブローニュ・スキピアノスだ」

スピーカーからレフレンシアの声が大音量で流れ、ざわついていた場が静まった。

「試験の説明はすでに教師から受けているだろうから、それについては繰り返さない。これも聞いてのとおり、判定員は生徒会を始めとして上級生から出ることになっている。従って、ここで言いたいのはたった一言、我々を楽しませてくれということだ。それを挨拶の代わりとしておこう。では一回生諸君の健闘を祈る」

生徒会総会長レフレンシアが壇上から降りていくと、どこからともなくため息が漏《も》れ、拍手が上がった。

「さすがに生徒会総会長、なかなかのものですわね」

誰もいなくなった壇上を睨みつけるようにしてドゥイエンヌが言った。

「ですけれど、いずれその要職もわたくしが奪って差しあげますわ。今日はその手始め、第一歩。皆さん、他《ほか》のグループに後れを取ったら承知しませんわよ」

凄いこと言うな、とジアンは感心する。

でも、大言壮語とか、そういう感じじゃないんだよな、こいつ。そこが面白いね。

ジアンは楽しくて仕方がなかった。

この名門女学院で、これから毎日闘っていける。

闘って勝つことが上に行く近道。

名門の女子校に入ったとはいえ、平民の出であるジアンにとっては、この学院でのし上がることだけが将来に繋がるのだ。

ジアンは、ぱんと両手を打ちつけた。

「任せとけって。やってやるぜぇ」

それはガブリエラもレオチェルリも同じ気持ちだ。

せっかく白兎女学院に入学できたのだから、闘って勝たなくては意味がない。

勝ち続けることで、きっと今までとは違う何かが見えてくるだろう。

やるからには、ええ、勝ちますとも。

ガブリエラが密かな決意を胸に秘め、ジアンに向かって頷いた。

「さて、では、行きますわよ、皆さん。まずは学年ランキングの一位とAクラスを奪《と》りましょうか！」

「お〰〰〰〰っっ！」

4

試験の開始を告げる号砲が鳴り響き、最初の実力試験の幕が切って落とされた。

剣を抜いたガブリエラ、レオチェルリ、ドゥイエンヌ、マルチミリエと、徒手空拳のジアンは、周りに群がるライバルたちに向かってゆっくりと一歩を踏みだした。

こうしてガブリエラたちの楽しくも激烈な学園生活が始まったのだった。


超おまけ的白兎女学院剣騒記　（続……かない）

petit《プチ》
鋼鉄《はがね》の白兎《しろうさぎ》騎士団
原作／舞阪 洸
漫画／鴻月まゆき
キャラクター原案／伊藤ベン

守護天アルアラネの加護を戴く聖少女騎士団――
通称 鋼鉄《はがね》の白兎《しろうさぎ》騎士団
鋼鉄《はがね》の白兎《しろうさぎ》騎士団 petit《プチ》
其ノ一 色に喩えればの巻
団長代理 レフレンシア・レブローニュ・スキピアノス（盆地の魔女）
特殊分隊長兼警邏隊隊長 レオノーラ・エレマル・サイクス（揺れるいい女）

それは強く清く美しい
乙女だけで構成される
伝統と格式ある騎士団
番隊長筆頭クシューシカ・
クセノフォン・ハイドリアノス
（騎士団一の美丈夫）
番隊長アルゴラ・
アスターシャ・アレスタ
（氷のアルゴラ）

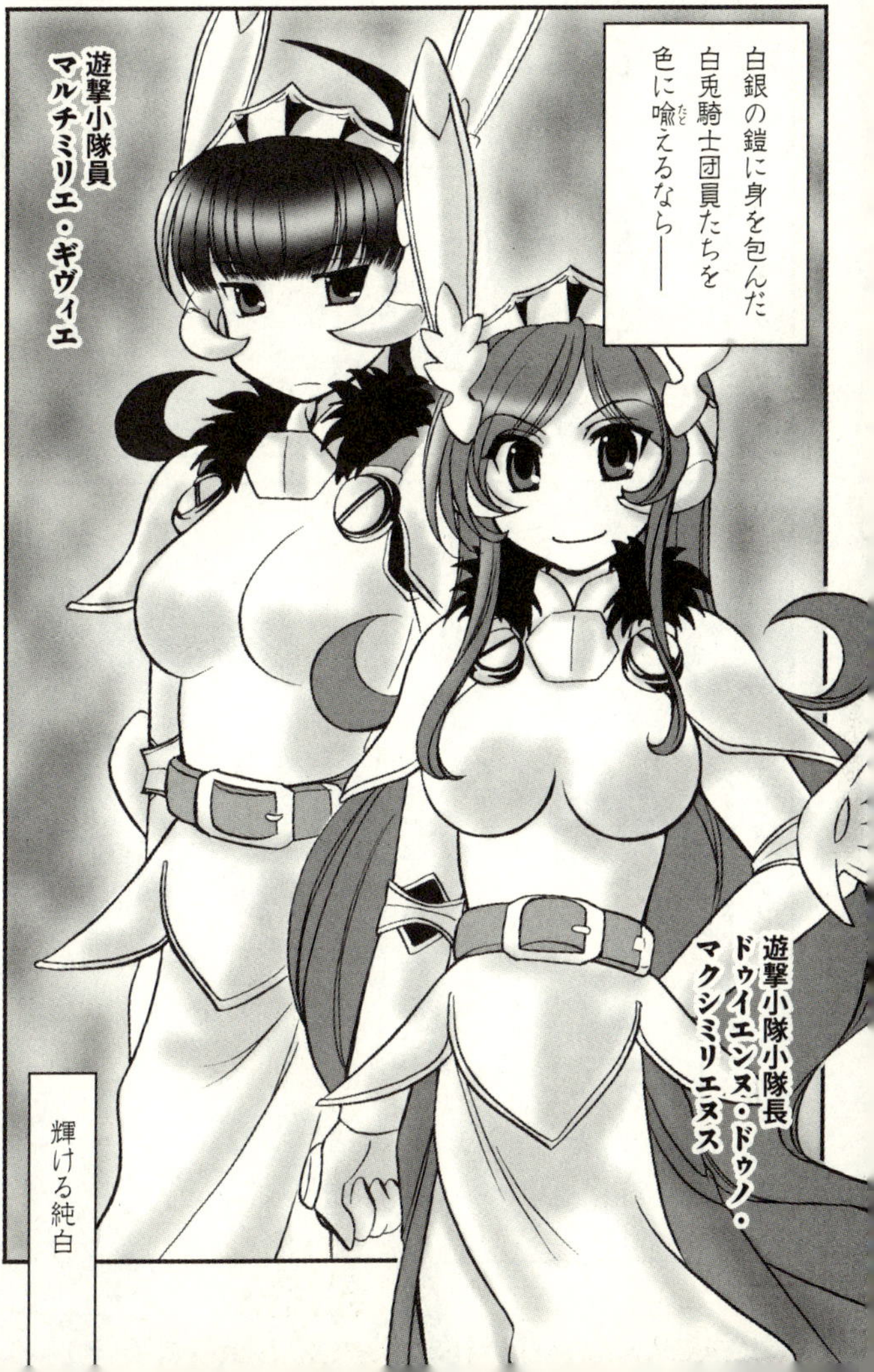
白銀の鎧に身を包んだ
白兎騎士団員たちを
色に喩《たと》えるなら——
遊撃小隊小隊長
ドゥイエンヌ・ドゥノ・
マクシミリエヌス
遊撃小隊員
マルチミリエ・ギヴィエ
輝ける純白

遊撃小隊員
セリノス・セレニクス・クワドロス
&ソエルノード・ノエラ・クワドロス
遊撃小隊員
ウェルネシア・アドゥ・バルトレイ
遊撃小隊員
デイレィ・ドゥーニュ・デビィアノス
穢《けが》れなき純白

遊撃小隊員
ジアン・ジャン
遊撃小隊員
アフレア・ファウビィ・
セビリィシス
遊撃小隊員
レオチェルリ・
レモンティス
純真無垢な純白

黒よりも昏《くら》い暗黒
虚無よりも深い深淵《しんえん》
……あれ？
え？

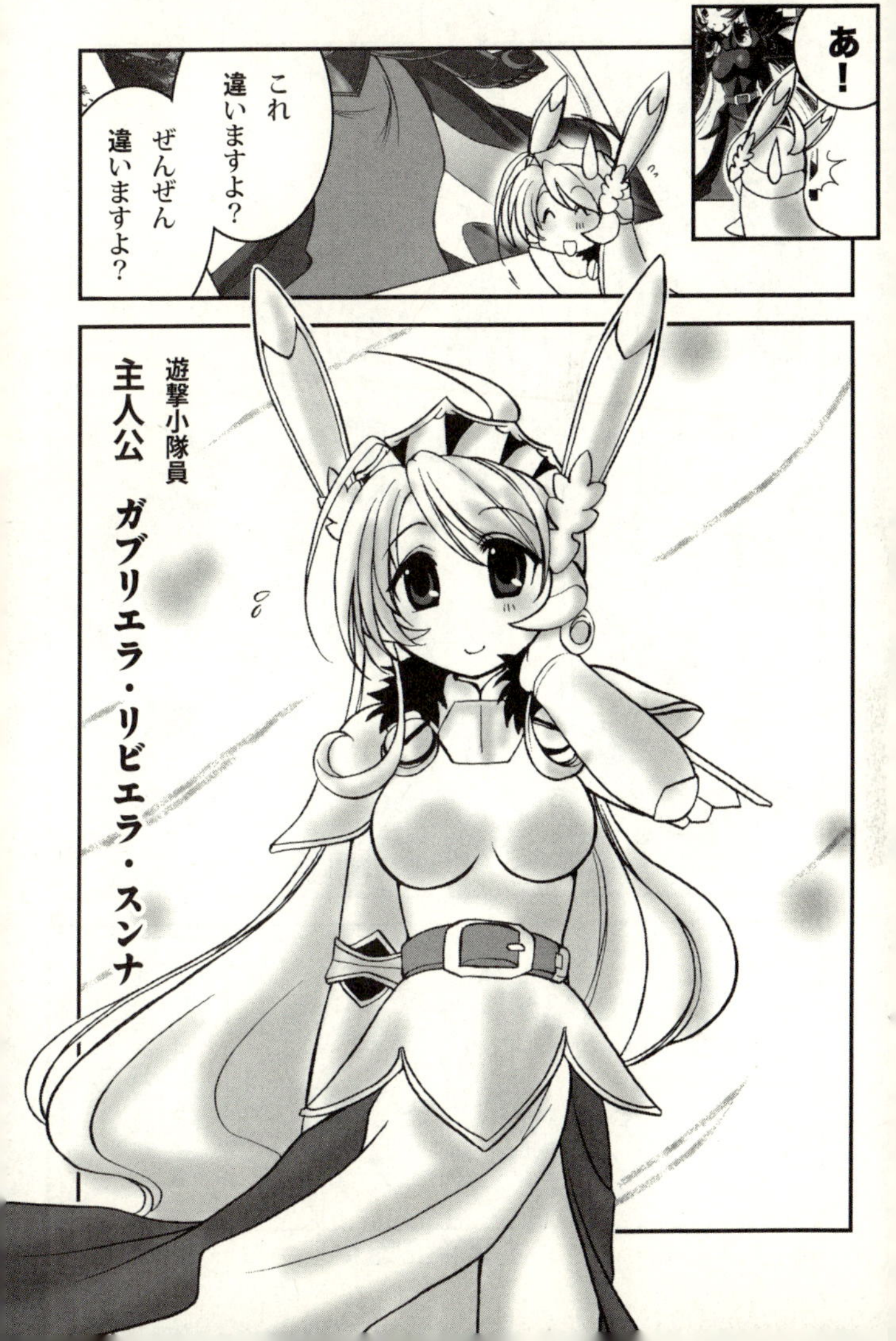
あ！
これ
違いますよ？
ぜんぜん
違いますよ？
遊撃小隊員
主人公　ガブリエラ・リビエラ・スンナ

本作はファミ通文庫版
『鋼鉄《はがね》の白兎騎士団《しろうさぎ》』を
元にしたコミックですが
いずれにしろ
主人公の黒さに
変わりがありません
じたじた
ですから
違うって
言ってるのに〜〜
ガブリエラ
さま…

其ノ一 おわり

今日は水練を行う
みんな水着に着替えて川に集合！
ええ
ええ
petit《プチ》
鋼鉄《はがね》の白兎《しろうさぎ》騎士団
あの〜…
いきなり水着ですか？
其ノ二 優雅で華麗な水鳥も(前)の巻

ここで
読者の心をギュッと
鷲づかみにしないと
読者アンケートが
取れないんだよ
また そんな
どこかの編集者
みたいなことを
文句があるなら
裸でもいいんだぞ
まったく
これっぽっちも
文句はないですっ
では
支度を急げ
は〜い…

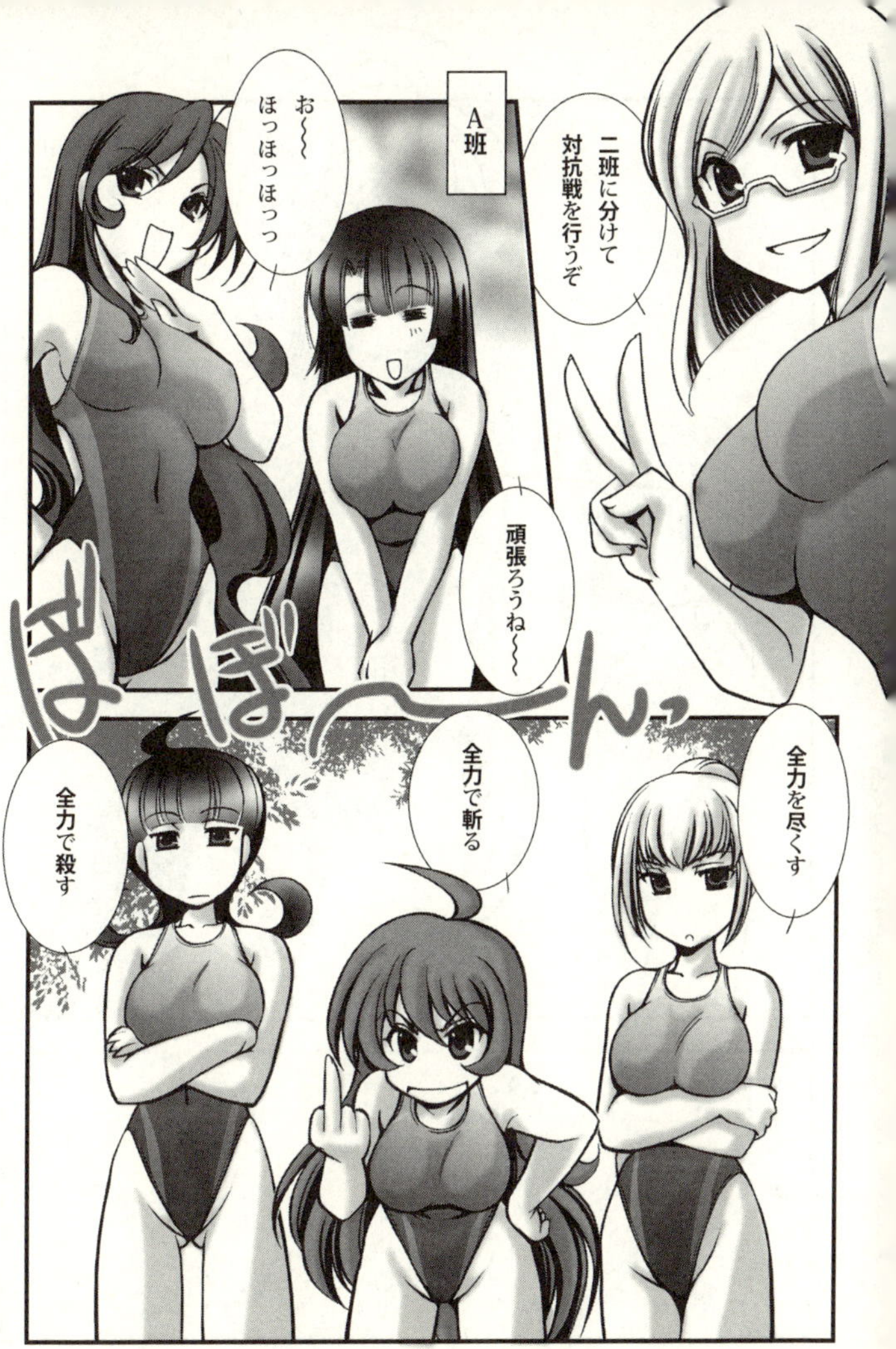
二班に分けて対抗戦を行うぞ
A班
お〜〜ほっほっほっっ
頑張ろうね〜〜
ぼぼ〜ん
全力を尽くす
全力で斬る
全力で殺す

川といえば『背水《はいすい》の陣《じん》』といういう言葉を思いだしますが……
も背水の陣とは 古代中国で楚漢戦争《そかんせんそう》の折 漢の武将 韓信《かんしん》が 川を渡って わざと不利な場所に陣を敷 ら退路を断つことにより 軍の将兵に決死の覚悟 いを勝利に導いた う故事に……
べらべらべ
らべら
ぱち ぱち
素晴らしい 無駄知識です ガブリエラ様

B班
よーこ
じあん
ちょい〜〜〜ん
こっちなの?
のえる
あー
はいはい
れい
またこの組み分けなのか
文句があるなら裸でも……
ないですってばっ!

なんか こっちの組が 弱そうなんだけど
主にあんたの せいだけどね
こらこらノエル 仲間割れするような ことは言わない
せりのす
のえる
あふれあ
むきーっ!
ふふーん
やめろ
団長代理に対するやり場のない 怒りが沸々《ふつふつ》と湧《わ》いてきて 抑え切れないのは修行が まだ足りないのだろうか
呼んだか?
もう諦めた

よーし
第一泳者
位置に付け
ザッ

おおっ アルゴラ様と ヨーコ様の対決だっ
どんな泳ぎを 見せてくれるのか 興味あるわね
バチチッ
よーこ
はてさて 白兎《しろうさぎ》騎士団でも一、二を争う 剣士同士の対決や如何《いか》に？
其ノ二 おわり

ザワ

鋼鉄《はがね》の白兎《しろうさぎ》騎士団 petit《プチ》

其ノ三 優雅で華麗な水鳥も(後)の巻

今日で わたしの
165勝目が刻まれるな
そうは いきません
刻まれるのは
わたしの163勝目です

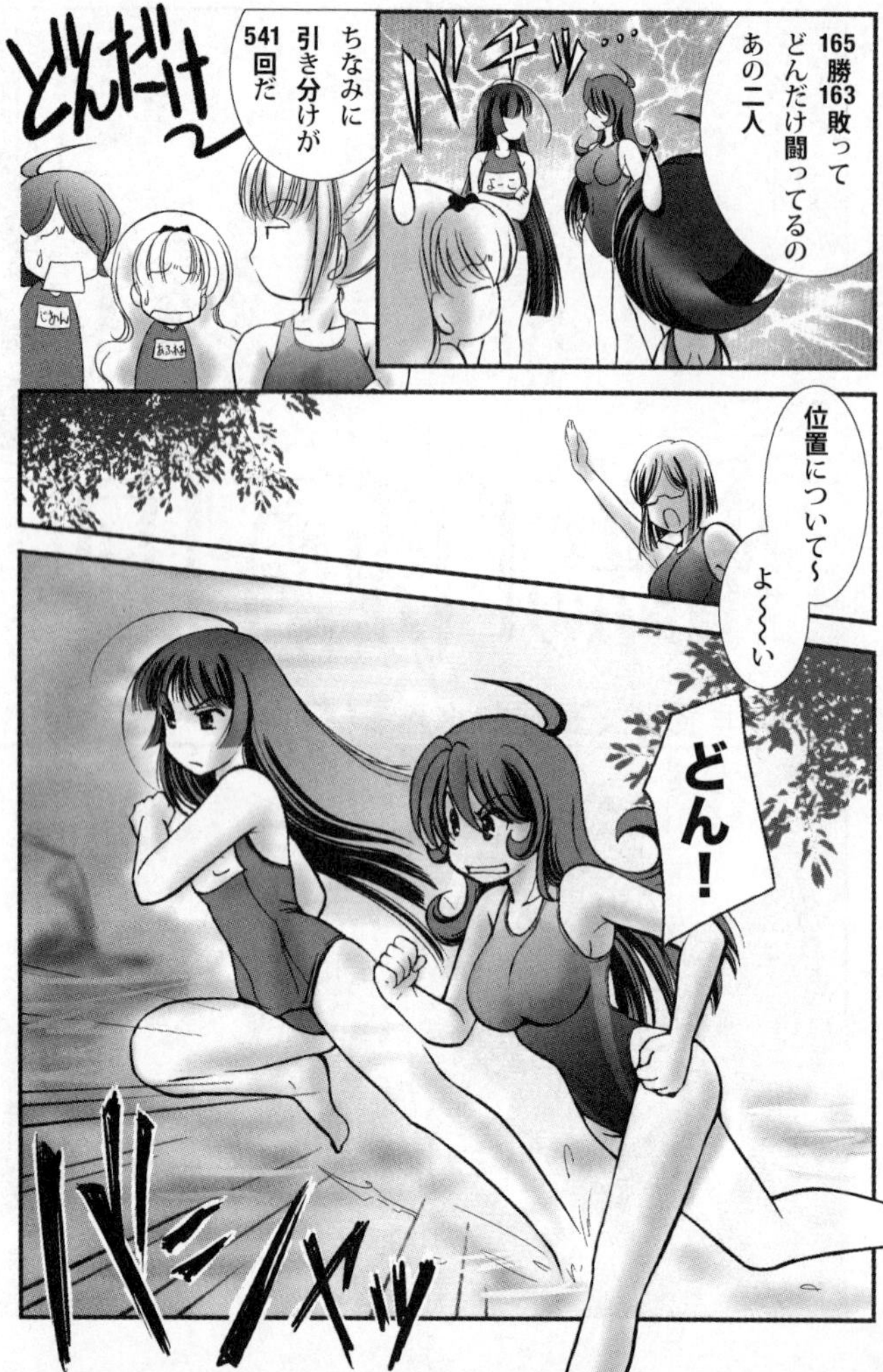
165勝163敗って
どんだけ闘ってるの
あの二人
バチッ…
よーこ
ちなみに
引き分けが
541回だ
どんだけ〜
位置について〜
よ〜〜い
どん!
バシャッ

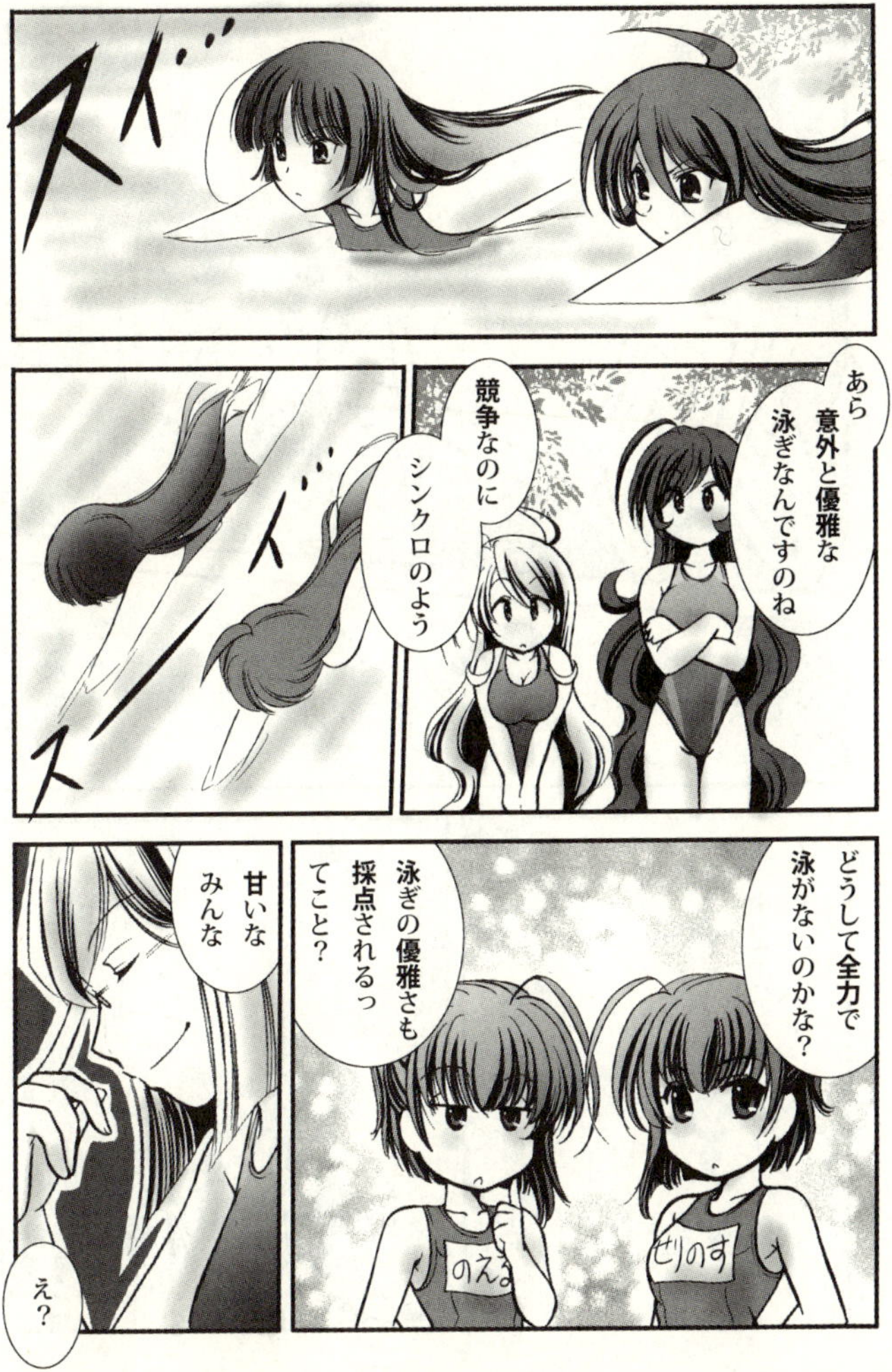
スイ
あら
意外と優雅な
泳ぎなんですのね
競争なのに
シンクロのよう
スイ
ス
どうして全力で
泳がないのかな？
泳ぎの優雅さも
採点されるってこと？
のえる
ぜりのす
甘いな
みんな
え？

君たちだって
知っているはずだ！
優雅に泳ぐ水鳥が
水の中でどれほど激しく
足を動かして水を
掻《か》いているかをっ！
どどーん
いまあの二人は
まさに水鳥
なのだよっ！
すぃーー
すぃ
まっ
まさかっ!?
お二人は
水中で!?
闘って
いると!?
そうだともっ！
水の中の二人の足に
注目するんだっっ！

がすがす
がすがす
すーい…
なるほど～
水練《すいれん》ってそういうことだったのね
スーイ…
がすっ
むっっ

アルゴラ隊長
腹部を蹴るのは
反則ではないか
失敬失敬
足が滑った
むかっ
ごす
ぐおっ
おいヨーコ
下腹部を蹴るとは
どういうつもりだ
失礼足が
滑りました
むかっ
あっ
手が滑った
がふっっ
失敬失敬

なんの
負けずに
手が滑って
ぶんっ
はぶぅっ
頭が滑ったぁ！
ぐはぁっ
頭が滑りますかっ
滑ったんだから仕方がなかろう
こ
この人は……
いっぺん死ぬがいいいっ
殺せるものなら殺してみろっ！

うおおおおおお
がすがすがすがす
優雅な水鳥はどこか遠くへ行っちゃったなぁ
ど、どうしましょうレフレンシア様
仕方がない
二人は放っておいて次の訓練に行こうか
ですね
いいんですかお止めしなくて？
いいよいいよいつものことだ
いつものことって……
がすがすがすがすがす
それで165勝163敗541引き分けなのか
いくぞー
本日の勝負決着つかず

其ノ三おわり

あとがき

いつもの方、毎度ど～も。初めての方、初めまして。舞阪《まいさか》です。

タイトルを見て、「お？　なんか新シリーズ始まった？」とか思って手に取った方はいらっしゃいますか？　狙いました（笑）。いや、「短編集」ってつけたくなかったんですよ。で、何かないかと考えていたとき、ふと思いつきまして。

白兎《はくと》騎士のくせに黒いガブリエラ↓だったらそのまま黒兎《くろうさぎ》でいいんでね？　って。そこで「暗黒兎騎士《くろうさぎ》」。提案したとき、担当さんは渋い顔をしていましたが、強引に押し切りました（笑）。間違えて買ってしまった方、ついでです、ぜひ本編も。可愛い顔してはんなり（？）と黒いガブリエラは、なんというか、新しいヒロイン像を打ち立てたっぽい感じで読み応えありですヨ（笑）。

デイレィとアフレア、それにヨーコとアルゴラの四本はファミ通文庫のウェブサイト、「FBonline《エフビーオンライン》」に載せた短編に手を入れたものです。それ以外の、ガブリエラ×二本と、アスカ、そして愉快なおまけ「白兎《はくと》学院」は書き下ろしです。

ガブリエラの二本は、タイトルに合わせて、彼女が黒いエピソードを作ってみました。カバーの鎧は、アレだったんですね。

白兎学院ネタは担当さんから出ました。お茶目な人だ(笑)。面白そうなので乗ってみました。好評なら独立したシリーズとして一本立ち……嘘《うそ》です。まぁでも、瓢簞《ひょうたん》から駒が出ちゃったり、嘘から誠が出ちゃったりすることもあるので、もっと読みたい方は編集部宛にリクエストを。

それはさておき。

九月から十月、そして十一月の上旬は大変でした。仕事始めて以来初めて、「これは乗り切れないかも……」と挫《くじ》けかけたこともありましたが、どうやらなんとかようやく乗り切れました。おかげで十一月、十二月と、本がばたばたと出ます。

十一月に出るのは「狗牙絶《くがだ》ちの劔《つるぎ》4」(富士見ファンタジア文庫)と「青屋敷殺人事件(上)」(幻狼《げんろう》ファンタジアノベルス)、そして十二月に出るのがこれと「青屋敷」の下巻。

ぶっちゃけ、「青屋敷」が予定より長くなって一冊に収まりきらず、急遽《きゅうきょ》、上下巻になってしまったことがすべての元凶なのであって、言ってみれば自業自得、誰を責めることもできないのが悔しい(悔しいのか!?)。

しかし、いま振り返ってみても、どうして間に合ったのかが自分でもよく判りません。十月は一月《ひとつき》で五百枚くらい書いてますよ。それ以外にも「FBO」に載せた分の修正とか、「狗牙4」の著者校、「青屋敷(上)」の著者校なども並行してやっているわけですからね。そして、十一月の上旬には『GA《ジーエー》マガジン』の読み切り短編(サムライガード)も書きました。これはどうも他人には見えない小さくて働き者の何かが、わたしが知らないうちに手伝ってくれていたとしか思えません。ありがとう、見えないけれど小さな働き者の何か！

さて、現時点で今年の仕事は残り一本。来年二月発売予定の「サムライガード5」を残すのみです。まだあと一カ月以上あるし、なんとかなる……かな。かな？

さて、ここからは雑談タイム。

それにしても気がつけば冬ですね。

北の大地からは、ちらほらと雪の便りが。軽井沢ではすでにスキー場がオープンしてますけど。今シーズンは果たしてスキーに行けるのだろうか。その前に、スタッドレスタイヤに交換しなきゃ。というか、そのスタッドレスもそろそろ買い換えたほうがいいかも？　お金かかるな。

それにしてもデジタル一眼レフカメラ。
買ったはいいけど、ほとんど使っていない。そもそも使うチャンスすらない。家（や秘密基地）に籠《こも》って原稿を書いてるだけじゃ、使いようがないよね。近場でいいから、せめてカメラを使う気になるような場所に出かけたいものだ。

それにしてもジュビロ磐田《いわた》。
ようやくJ1残留が確定。やれやれだ〰〰。って、残留くらいで喜んでたら駄目なんですが、でも今のチーム状況だと、現実問題、残留が目標にならざるを得ないものな。とにかく守備を何とかしてくれないと困ります。降格が決まった千葉や大分《おおいた》よりも失点が多いって、あり得ないだろ！　補強は守備の選手を希望。とくに高くて強いセンターバックは必要不可欠だと思うのだが。

それにしても二十年目。なんの数字かというと、デビューしてからの年数。デビュー作「プリンセス・ミネルバ」の奥付見ると、１９９２年12月20日になっている。実際の発売日がいつだったかはもう忘れてしまったけど、たぶん十日頃のはず。ってことは、この「暗黒兎騎士《くろうさぎ》」が発売になったときには満十九年が過ぎ、舞阪　洸《こう》の作家活動が、なんと二十年目に突入しているというわけ。よくもこれだけ長く続けてこられたものだ。

自分でもビックリだわ。これも偏《ひとえ》に応援してくださった読者様のおかげ。ここで改めてお礼を言わせてください。

これまでありがとう&これからもよろしく!

最後に「白兎」の今後の予定ですが……まだ確定してません。次が春頃で、その次がいよいよ……ってな感じになるのではないかと思ったり思わなかったり。決まったら、舞阪百貨店やミクシィの「鋼鉄《はがね》の白兎《しろうさぎ》騎士団コミュ」で情報流していきますので気長にお待ちください。

では、次は二月の「サムライガード5」でお会いしましょう。

二〇〇九年十一月吉日　　舞阪　洸

初出一覧

鋼鉄の暗黒兎騎士　――ガブリエラ・リビエラ・スンナ（書き下ろし）
天翔る黒き翼の娘　――ガブリエラ・リビエラ・スンナ（書き下ろし）
わたしが死んだ日　――デイレィ・ドゥーニュ・デビィアノス（「FBonline２００８年３号」掲載）
必ずあたしが戻してあげる　――アフレア・ファウビィ・セビリィシス（「FBonline２００８年５号」掲載）
初めての出遭い　――ヨーコ編（「FBonline ２００８年７号」掲載）
初めての出遭い　――アルゴラ編（「FBonline ２００８年７号」掲載）
「梟亭」の三姉妹（書き下ろし）
超おまけ的白兎女学院剣騒記（序章）（書き下ろし）
鋼鉄の白兎騎士団 pitit 其ノ一、其ノ二（「FBonline ２００８年11号」掲載）・其ノ三（書き下ろし）

■ご意見、ご感想をお寄せください。

ファンレターの宛て先

〒102-8431 東京都千代田区三番町6-1

株式会社エンターブレイン　ファミ通文庫編集部

舞阪　洸　先生

伊藤ベン　先生

■ファミ通文庫の最新情報はこちらで。

FBonline

http://www.enterbrain.co.jp/fb/

■本書の内容・不良交換についてのお問い合わせ。

エンターブレイン カスタマーサポート　0570-060-555

(受付時間 土日祝日を除く 12:00〜17:00)

メールアドレス：support@ml.enterbrain.co.jp

FB Famitsu Bunko

ファミ通文庫

鋼鉄《はがね》の暗黒兎騎士《くろうさぎ》

二〇一〇年一月七日　初版発行

著　者　舞阪《まいさか》　洸《こう》

発行人　浜村弘一

編集人　森　好正

発行所　株式会社エンターブレイン

〒一〇二-八四三一　東京都千代田区三番町六-一

電話　〇五七〇-〇六〇-五五五(代表)

発売元　株式会社角川グループパブリッシング

〒一〇二-八一七七　東京都千代田区富士見二-一三-三

編　集　ファミ通文庫編集部

担　当　宿谷舞衣子／川﨑拓也

デザイン　伸童舎

写植・製版　株式会社ワイズファクトリー

印　刷　凸版印刷株式会社

定価はカバーに表示してあります。

ま1

2-1

915

ISBN978-4-04-726198-3